まれねこ

寺村摩耶子

鳥影社

目次

装画／勝本みつる

まれねこ

I　ボイオティアの山猫

私はかつて東京の西はずれに建つ古アパートの住人として、庭仕事にたずさわっていたことがある。一階には三世帯が暮らしており、それぞれの庭は木々をへだててゆるやかにつながっている。私的な空間であると同時に、五階建てアパート全体の中庭でもあるという、思えば不思議な庭だった。

私用と共用部のあいだに境界がないというのは、今ではありえない気もするのだが、のんきな時代だったのだろう。一階の住人は庭を使用することができると同時に、自主管理することになっている。不動産会社の人から現場で説明を受けたときも、そういうものだろうと思っただけだ。

庭の管理といっても、私にできることといえば、落ち葉を集める、雑草をとる、伸びすぎた枝を伐《き》るといった程度のことだったが、自然の生命力はたくましく、仕事を怠っていると、たちまち荒れてくる。ガーデニングという言葉が流行りはじめていたが、新しく何かを植えることはほとんどなかった。

当時は外でも仕事をしており、家に帰れば家のことや家族のこともあり、庭のことまで手がまわらなかったこともあるだろう。

はたして自分が良き管理人だったかどうか、自信はない。私は自然をコントロールするよりも、どちらかというと自然にほんろうされがちであった。だが一方で、そんな自然に学ぶことが多かったのも事実だ。自然はそのままで充分に美しいと思われることもあった。

木の下には丸い小さな傘のような蕗《ふき》の葉が青々と生い茂っている。やわらかな羊歯《しだ》はレースのようだ。周囲には蘚《こけ》が自生している。毛足の長い絨毯《じゅうたん》のような山蘚。針葉樹林のミニアチュールのようなスギゴケもあれば、先端に玉のついたタマゴケもある。蘚たちは早春から初夏にかけて生気にみちてくるのだが、その他の季節は芝の勢力に押されがちである。私は蘚が好きだったので、ひそかに応援していたのだが、芝の根は思いのほか深く、引きぬこうとすると、なんと一メートル以上にもわたっているのだった。

アパートの周囲にはブロック塀に沿って、キンモクセイの木々が並んでいる。塀のむこうにはケヤキやエノキなどの大木におおわれるようにして、D社の広大な社宅がひろがっている。「バブルの夢の跡」と言ったのは先の不動産会社の人だったが、中庭のある古いアパートもふくめて、たしかに周囲一帯つかのま忘れられた場所だったにちがいない。

それまで土はむしろ苦手なほうだった私が、庭仕事にたずさわるようになったのは、一階の住人だからというだけではなく、じつは猫を飼っていたからでもある。ひとり暮らしの頃から飼っていた白黒のぶち猫で、不妊手術もしていたが、もともと野良猫家族の一匹だったせいか、おとなしく家にいるタイプではなかった。

アパートの住人たちはあたたかく、幸いなことに苦情を言われたことはない。だがひょっとすると、飼い主の知らないところで迷惑をかけているのではないか。そんな負い目がつねにあり、私を必要以上に明るく社交的にしていた。

私は管理組合の定例会に参加し、積極的に発言したのみならず、雪かきなどの肉体労働にもすすんで従事した。アパートを代表する防火管理者として四年にわたり任期をつとめたこともある。防火管理者になるためには消防庁で二日間にわたる講習を受けなくてはならない。消防技術試験に万が一落ちたら、という不安から分厚い解説書を買いこみ、人知れず勉強したのも今では懐かしい思い出だ。

私はかつて防火管理者であり、庭の管理人でもあった。だがもしも内と外を行き来する猫たちがいなければ、あれほど熱心に公共活動にうちこんだかどうかわからない。そう考えると、猫たちも間接的に社会と関わっていたことになる。

緑のなかで白い猫はよく目立った。せめて草むらにひそむとか、もう少し隅《すみ》のほうに居ればよいものを、なぜか中央のひらかれた場所——薛と芝の境界あたりが定位置だった。きちんと足をそろえて、アパートに向きあうようにして坐っている。まるで女王のようだ。そんなとき緑色の目はきらりと光り、人間たちをいつもとはちがう目で見ているように思われた。視線が上下左右せわしなく動く。ときには上からマグロの刺身が降ってくることもあった。それをわざわざ家に持ち帰り、飼い主のそばで旨そうに食べるのだ。いつもの食事よりずっといいものを自分は獲ってくることができる。そうアピールしているかのような、誇らしげな態度を忘れることができない。

あのぶち猫がいなければ、さまざまな猫たちがこれみよがしに塀の上を通りすぎていくこともなかっただろうし、二番目の猫がやってくることもなかっただろう。したがって三番目の猫がやってくることもなかったはずだ。

猫社会にとどまらず、自然界においてはもちろんのこと、古アパートにおいても、ぶち猫の存在は決して小さなものではなかったように思われる。庭を管理していたのは私ではなく、じつは猫のほうだったかもしれない。そう思うようになったのは、ごく最近のことだ。

私はときおり懐かしく思いだす。内と外を行き来していた猫たちのことを。

*

今では猫たちの姿を外で見かけることがなくなった。

住宅街をのんびりと歩いていた猫。塀の上でひなたぼっこしていた猫。駐車場のかたすみにときおり集まっていた猫たち。みんなどこへ行ったのだろう。

引っ越しして数年後、三代目の猫を天国に見送った。ひさしぶりに猫のいない生活がはじまり、しばらくのあいだ猫のことは忘れていた。その間にどういうわけか、猫をめぐる世界が変わってしまったようだ。

猫は室内飼いが望ましいという。あの猫たちが、はたして人間のいうことを聞くのだろうか。最初に思ったのはそのことだ。次に、私の猫たちが天国へ行ったあとでよかったと不謹慎にもひそかな安堵《あんど》をおぼえた。生きていたら大変なことになるのは目に見えている。三匹とも外からやってきた猫たちだ。

とりわけ最初の猫と二番目の猫は内と外を自由奔放に出入りしていた。彼らに向って「今日から外に行ってはいけません」という。それに対してどんな反応が返ってくるか、考えただけでもおそろしい。もういないのだから心配しなくてもいいと思うのだが、自分の猫たちが去ってしまったから無関係と思うことは自分が生きているうちが良ければ未来はどうなってもいいと思うことにも似て、なんとも居心地のわるいものである。命はつながっているのだ。

外猫たちの生きづらさは今にはじまったことではない。鳥や小動物を襲うなどの習性が都会にふさわしくないといわれてきた。猫のせいで野鳥が減少しているという説には科学的根拠がないとされるのだが——。

すべての猫が狩りをするわけでもないだろう。私のところにいた三匹の猫たちのなかでも、積極的に狩りをしたのは最初のぶち猫だけだった。三代目にいたっては、自然物にまるで関心がなく、もっぱら人工物を愛した。猫といってもそれぞれに異なることが、たったの三匹を見てもよくわかる。

だが近年の猫たちをめぐる困難な状況はかならずしも猫のせいばかりではないようだ。一方にはめざましい猫ブームがある。とりわけ都市部では猫が犬をしのぐ人気を獲得しつつあるというが、ペットショップの可愛い仔猫が成長すると、棄てられるケースもあとを絶たない。不幸な猫たちを保護する運動も組織化されてきた。私が今住んでいる地域にも「地域猫の会」がある。彼らの活動のおかげでどれほど多くの猫たちが救われてきたことだろう。だが猫のなかにはどうしても人間との暮らしになじめないものもいる。

地域の人々に愛されている黒猫がいた。どこから流れついたのか、近所のボス（という名の猫）になついている。私は飼い主さんと顔見知りである。ボスが他家に引きとられ、黒猫が残った。飼われていないが、姿もよく気品があり、気立てのいい黒猫には参拝者がたえない。一方ではそのことを快く思わない人もいる。

あるとき黒猫を一時的に預かることになった。ものものしいケージが運びこまれ、ベランダで組み立てられた。外猫だから外のほうがいいだろうということになったのだ。初夏の頃の話である。私は現在アパートの三階に住んでいる。ベランダにはオリーヴやハーブなどの鉢植えもあり、中よりは良いだろうと思った。その頃、中には猫のポーもいた。孤独を好む猫たちに「仲良く」と言っても通じないことは、さすがの私にもわかっている。

当日はスタッフが忙しく、一人で現地に向かった。黒猫はキャリーバッグのなかにみずから進んで入った。安全を求めているのだろうか。信頼されているのかもしれないと思った。だがベランダに到着し、キャリーバッグからケージへ移そうとしたときのことだ。手からするりと逃れた猫は、着地すると同時に周囲の木の柵を見あげた。あっと思ったときには、黒いシルエットが宙を飛んでいた。三階のアパートから飛びおりたのである。

慌てて下をみおろしたが、どこにも猫の影はない。幸いなことに下は車道ではなかった。だが怪我をしたのではないか。どこかにひそんでいるのではないか。各所に連絡をとり、後悔と絶望の念にうちひしがれつつ探し回った。大急ぎで結論をのべると、猫はもとの場所でのほほんとしていた。

「猫は飛ぶんですよ。」第一発見者のIさんはいう。商店街の会長で「地域猫の会」の会員でもあるIさんは猫探しのプロだ。

「ぼくの猫も飛んだことがあります。ぼくのマンションは五階なんですけど、五階から飛んで無事でした。猫は飛ぶんです。」

あたたかな言葉に慰められる。しかし猫は飛ばないだろう。落下と同時にパラシュートのような機能が働くのかと一瞬思ったが、猫はムササビではない。しなやかなスプリングの効いた背骨と肉球のクッション。魔法のようなバランス感覚は内耳の特殊な構造によるという。だが猫に翼はない。高いところから落ちると死ぬのは人間と同じだ。ル＝グウィンの「空飛び猫」のように、猫に翼があれば無敵なのだが。

三階の猫も五階の猫も運が良かっただけだ。彼らは家に帰ろうとした。自分自身の安全な場所へ。ホームレス、つまり家がないのではなく「外」が彼らのホームである。そういう猫もいるということだ。

「帰ってきた黒猫」はヒーローになった。彼はけっして人間に支配されることなく、それでいて人間たちとあたたかなコミュニティをつくりだしている。すばらしい知性と野生をあわせもつ。そのことをふだんは隠しているが、私は見てしまった。彼はもう誰にも保護されることはないだろう。彼はみずからの力で自由を勝ち取ったのである。

黒猫の一件は私の心に深い爪痕を残した。自分という人間の愚かさをつくづく実感させられると同時に、「野良猫」についてあらためて考えさせられることにもなった。

野良猫とは何か。外猫。自由猫。野猫。地域猫。さまざまな呼び名があるが、つまりは外に生きる猫たちである。外が好きな猫たちでもあるだろう。それでいて、なんとなく人間のそばにいる、あの猫たちのことだ。

彼らの姿が町から消えつつある。外にいると、とにかく目立つ。木の上で寝ているだけで、たちまち話題になってしまう。『不思議の国のアリス』のチェシャ猫は少しずつ消えて、最後に「笑い」が残るのだったが、現代のチェシャ猫はとつぜん消える。猫も人ものんびりしていられない時代になってしまった。

今では猫のいる風景と猫のいない風景のどちらが現実か、よくわからなくなってくる。こうして「猫のいる風景」が忘れられていくのだろうか。

だが少し前まで、猫は外にいた。家の中だけではなく、町の中にも「ふりむけばねこ」がいた。「かどのしょくどうに／ねこがいて」「とけいやさんにも／ねこがいて」「たばこやさんにも／ねこがいて」……ノスタルジックな風景を描く『ふりむけばねこ』（井上洋介）ほどではないにしても、猫はいたし、猫のいる風景は日常の風景にすぎなかった。ここはひとつ、かつての猫たちを思い出してみよう。野良猫とはいかなる存在だったか。

古くは『吾輩は猫である』の主人公も「どこで生まれたか頓《とん》と見当がつかぬ」野良猫だった。内田百閒の『ノラや』はいうまでもない。飼い主が慟哭《どうこく》しつつ洩《も》らしていたように、どこからやってきたかわからないノラでなければ、あれほど探しまわることもなかった。

ワンダ・ガアグの絵本『一〇〇まんびきのねこ』は一〇〇万匹すべて野良猫である。おじいさんとおばあさんがさびしくて猫を一匹ほしいと思う。おじいさんは探しに出かけるが、いたるところで猫と出会う。その数なんと一〇〇万匹。どうやって一匹を選べばよいのかわからない。それですべて連れて帰ることになる。猫たちの大行進。それはヨーロッパからアメリカへ移住する人々にもたとえられた。画家自身、ボヘミアからアメリカへ移住してきた一家の長女である。一九二八年。絵本のモダニズムは猫の大行進とともにはじまった。「そこにもねこ、あそこにもねこ、／どこにも、かしこにも、ねことこねこ、／ひゃっぴきのねこ、／せんびきのねこ、／ひゃくまんびき、一おく一ちょうひきの　ねこ」（石井桃子訳）。

二十世紀は野良猫の天国だった。膨大な猫の絵本がある。名作として語りつがれてきた絵本の主人公たちは、外からやってくることが多かった。

一家そろって夕食のさいちゅうに、ふらりと現れて、女の子のひざの上で丸くなる、ふてぶてしくも愛らしい猫がいる（『タンゲくん』）。片目片腕の浪人・丹下左膳《たんげさぜん》の名こそ今では知る人もすくないだろうが、絵本の「タンゲくん」は永遠不滅のヒーローだ。タイトルページからいきなり入ってくる。

「みたことも ない　ねこ」であるにもかかわらず、「あたりまえのように」「わたしのひざのうえにすわると、」「おとうさんも　おかあさんも／なにも　いいませんでした。」（『タンゲくん』片山健）

猫とはそういうものだった。懐かしい原風景のなかで、片目の雄猫はなんとほれぼれするような、堂々たる存在感をたたえていることだろう。

『一〇〇万回生きたねこ』（佐野洋子）は、さまざまな猫人生を経巡ってきた雄猫が、あるとき、ただの「のらねこ」になる。誰の猫でもない、自分自身へと回帰することで、彼ははじめて野に咲く白い花のような美しい猫と出会い、幸福な生涯をまっとうするのだった。

科学絵本『ノラネコの研究』(伊澤雅子・文)は一九九一年。ナオスケ。スミキチ。ハナ。イシマル。「ノラネコの研究」は近所の猫に名前をつけることからはじまる。野良猫の一日ではなく、「ナオスケの一日」をみつめること。舞台となった九州の海辺の町には十匹の猫と八匹の仔猫が住んでいた——。

最後に、写真絵本『10ねこ』(岩合光昭)は二〇一六年だ。「1ねこ」からしだいに数がふえていくことに、単純にして深い喜びがあった。喜びはいつしか驚きに変わる。海の見える坂道の階段は今もあるだろうか。たくさんの猫たちの背後には、映ってこそいないものの、人の気配が感じられる。人と猫がともに暮らしながら、猫たちの自治がたしかに存在していた。そのことを物語る、貴重な記録でもあるだろう。

今でも旅をすると、猫に出会うことが多い。猫の姿を見ると、ほっとする。よく言われるように、猫にやさしい町は人にもやさしいように思われる。

とある町では猫の姿こそ見かけなかったが、路地のかたすみに、まるでお供《そな》えのように、キャットフード数種が美しく置かれているのを見た。思いがけない場所に祠《ほこら》があり、きれいな花が供えられているのを見ると清々しい気持ちになるように、ほほえましい光景に胸があたたかくなる。

二〇一四年のインドでは野良猫はもちろん、野良犬もいた。人や車より牛のほうが偉い国では当然かもしれないが。コルカタの街路樹では仔猫たちがリスのように木登りしている。そのことに注目する人もいない。木陰の屋台でチャイを飲んだりカレーを食べたりして、人々は生きるのに忙しそうだ。一人で街を歩くのは危険と聞いていたが、私には恐怖よりも感動のほうが大きかった。砂埃が目に入ったふりをしていたが、じつは街路でたびたび熱いものがこみあげていたのだ。人と動物が同じ命をもつ存在として、ごくふつうに共存している。インドを知ることができたのは良かったと思う。

＊

猫たちをめぐって、いったい何が起っているのだろう。

「動物愛護先進国」とされるイギリスやドイツでは、二十世紀半ば頃から「飼い主のいない不幸な猫」をなくすために野良猫を捕獲し、飼い猫化する運動がはじまった。その結果、約半世紀で野良猫は消滅したという。同じことが日本でも起こりつつあるのだろうか。それにしてもなぜイギリスやドイツにならわなくてはならないのだろう。

「不幸な猫」が一匹でも減るのはもちろん喜ばしいことである。背景には人間中心の社会があり、動物の命がかろんじられてきたという現実がある。そんな社会の色が濃くなるにつれて、動物愛護が叫ばれるのは当然だろう。

ある経済学者によると、世界は「野良猫のいる社会」と「野良猫のいない社会」に二分される。わかりやすくいうと、西欧には「野良猫のいない社会」が多く、アジアには「野良猫のいる社会」が多い。日本はこれまで「野良猫のいる社会」だったが、今では両者の中間にあるということだろうか。

野良猫のいる社会といない社会の間には「家族形態と介護形態の相違」が横たわっているという指摘も興味深い。猫から社会が見えてくる。話題はさらに帝国主義のポスト・コロニアル思想との関係にもおよぶ。猫と政治経済の関係については考えたことがなかっただけに、愕然《がくぜん》としつつ教わることが多かった（「野良猫のいる社会といない社会」小野塚知二『猫と東大。』）。

「野良猫のいる社会」から「野良猫のいない社会」へ。そこにはたしかに深い問題が横たわっているにちがいない。たかが猫ではなく、猫をとおして世界を思考すること。漱石先生の昔から、猫について考えることは人間について考えることだったのかもしれない。

ユング派の臨床心理学者、河合隼雄は『猫だましい』という不思議なタイトルの本のなかで、人間の「内なる猫」としての「たましい」について述べている。近代の科学は人の心と体を切りはなすことで発達してきたが、そこで喪われたのが「連続体」としての「たましい」であるという。そして「猫はたましいに関連づけられやすい生き物なのである」。

猫について書かれた本は多いが、人間と猫のむすびつきについて、ここまで深く考えた本はめずらしい。驚くべきことがじつにさりげなく述べられている。

猫と人の深い関係について考えるのは楽しいことである。だがここではその楽しみに耽っている余裕はない。人間が心と体を切りはなすのは致し方ないとしても、異質な他者である動物に対して、どこまで手をさしのべることができるのか。そこでまず考えなくてはならないのは、人と猫の関係にもまして、猫自身のことであるように思われる。

猫は散歩させなくてもよい小型の犬ではない。町にいると危険なクマのような動物でもない。猫はネコ科の動物である。その猫について、私たちはどこまで知っているだろう。私はといえば、すでに述べたように三匹の猫と暮らしたことがあるだけだ。猫のことを少しは知っているつもりだったが、共に暮らしたからといって相手を知っているとは限らない。むしろ知っているという思いこみが悲劇を生むこともある。

二代目の猫はとりわけノラの血を濃く引いていたのか、馴《な》れるのに数カ月を要した。それだけに、ある日ついに家のなかへ入ってきたときは感動したものだ。文明と野生の共存といえば、まさに二匹目の猫との生活がそうだった。このままつづくと思われた共同生活はしかし、猫の失踪でふいに終わりを告げる。

あれは何だったのか。猫のことを知っていると思いこんでいると痛い目にあう。私は猫についてほとんど何も知らずに暮らしていたのかもしれない。猫について知るほどに、そう思われてくる。とりわけ近年のすぐれた研究は、これまでヴェールにつつまれていた猫の姿を浮かびあがらせつつあるようだ。

野生猫に対する関心が高まるにつれて、猫のルーツもあきらかにされてきた。猫の姿が消えていくにつれて、足跡がくっきりと浮かびあがってくる。それは猫たちからの手紙であるように私には思われる。

イギリスの動物学者ジョン・ブラッドショー著『猫的感覚』（羽田詩津子訳）によると、猫は犬とちがって、人間が創りだした動物ではない。「むしろ、人間と共進化してきて、はからずもわれわれが与えたふたつの役割にあてはまるように変化した。」

そもそものはじまりに人間が猫に「あたえた役割」（ここではユーモアをこめてそう書かれている）とは何か。エジプトやギリシアなどの古代都市においていて必要とされたもの。それはネズミなどの「害獣駆除係」だった。一万年ほど前（もっと前という説もある）、野生の猫が獲物をもとめてやってきた。そこには人間という不思議な生き物が暮らしている。猫がネズミに近づいたのと、人間が「役割」をあたえたのと、どちらが先だったのか。それは誰にもわからない。

人間があたえたもうひとつの「役割」とは、「コンパニオン・アニマル」（伴侶動物）である。だがその経緯もじつはさだかではない。と、ブラッドショーはイギリス人らしいユーモアをたたえつつ述べている。どちらも人間があたえた「役割」だったが、今ではその二つが「相反するものになった」。当初の役割が忘れられ、伴侶動物としての関係だけが求められている。そこにさまざまな問題が生じるのは当然であると。

犬と人の関係は一定している。それに対し、猫と人の関係は不安定である。さすがに犬猫と人間の関係をみつめてきた動物学者であるだけに、その指摘はするどく、明快である。とりわけ注目されるのは犬と猫の違いだ。両者はさまざまに比較されてきたが、その違いがこれほど根本的なものであることを、じつをいうと私は知らなかった。

犬が人によって改良された伴侶動物であるのに対し、猫はそうではない。一万年にわたって、イエネコの大きさや形はあまり変化していない。これはヒトの使役動物として改良されなかったことの証《あかし》であるという。そもそも犬と猫の進化過程はまるで異なる。それゆえ人間との関係の歴史も当然ながら大きく異なるというのだ。

犬の直接の祖先はオオカミだった。もともと社交的で集団行動を好むオオカミが人間に飼われるようになり、犬になるのにそれほど時間はかからなかった。今では人間の忠実な友人である。犬の精神は祖先のオオカミから劇的に変化したといわれる。それはそうだろう。可愛いポメラニアンを見て、オオカミを思いだす人はいない。

一方、猫はどうか。猫はミアキスという胴長のイタチに似た原始動物にはじまり、さまざまな種が生まれては消えることをくりかえしながらネコ科を形成してきた。欧米の研究者らによると、最初のネコ科動物とされるプロアイルルスの最古の化石はおよそ三〇〇〇万年前にさかのぼる。当時は広大な亜熱帯林だったフランスのサンジェラン・ル・ピュイで発見された。野生猫の一種、オオヤマネコが現れたのはおよそ四〇〇万年前とされる。だがそのヤマネコから現在のイエネコへどのように移り変わってきたのか、いまだにわからないことが多い。先の『猫的感覚』によれば、猫は一見、都会の洗練された動物に変わったようだが、それでも八割ぐらいのネコは野生の原点に根をおろしている。多くの研究者が口をそろえていうには、「猫はその祖先であるヤマネコからほとんど変化していない。」

それが事実だとすれば、私たちは太古の記憶を今なお保持しつづける生き物と暮らしていることになる。私は猫たちにさんざんほんろうされてきたが、もしも猫たちがじつは祖先のヤマネコの顔をふだんは隠していることを知っていれば、もうすこしうまく切り抜けられたのではないかと悔やまれてならない。もっとも、イエネコはヤマネコの顔を隠すのがとてもうまいので、結局のところ、愚かな人間である私がまんまとだしぬかれてしまうことに変わりはないのかもしれないが。

『にゃんきっちゃん』という写真絵本がある。「世界ネコ歩き」で知られる写真家が、自身の愛猫にカメラを向けた。一見アイドル写真集のようだ。白一色で金眼がぱっちりとした迫力の美猫である。『10ねこ』でも見たように、世界の野良猫たちのあいだを渡り歩いてきた写真家が、家ではこんなお嬢様と暮らしていることに私はひそかな驚きを禁じえなかった。だが猫とおなじくこの絵本もまた、もうひとつの顔をあわせもつ。

たとえばウッドデッキの上でごろんと横になったまま、大きく伸びをしている写真がある。ふわふわした白いお腹に光があたり、キラキラしている。まっすぐ伸びた二本の手も、寝たままジャンプしているようで愛らしい。だがよく見ると、気持ちよく伸びをしすぎて、ふだん隠している爪まで伸びてしまった。

三日月型の爪が四本。白い大福餅から針が出ているといえばいいか。その鋭利さに息をのむ。あんなものでやられたらひとたまりもない。猫がついうっかり見せてしまった一瞬を、カメラは見逃さなかった。

ユーモアと驚きにみちた写真を見ていると、猫という生き物に対する不思議な感動とも哀しみともつかない感情がわいてくる。家のなかではクマのぬいぐるみとみつめあうこともあった。桜が咲くと、枝のあいだから顔をのぞかせることもある。桜の花と鼻が同じ色をしている。虫も殺さない猫が、外ではまるで別猫《べつじん》のように雪のなかを匍匐《ほふく》前進している。この二匹が同じ猫と信じられるだろうか。しかしその矛盾をあわせもつのが「にゃんきっちゃん」であることを、カメラは愛しげに映しだす。猫という生き物の真実を浮かびあがらせること。それは「家族の一員」である「にゃんきっちゃん」をとおして、また一枚の写真ではなく連続性をもつ絵本というメディアをとおして、はじめて可能になったことかもしれない。

「ゆきがふっても／さんぽにでかける。」

「にゃんきっちゃん」を引きとめることは誰にもできないだろう。

ふたつの顔というと、表と裏、内と外、見えるものと見えないものといった二元論になりがちだが、そうではなく、まさに相反する二つをあわせもつこと。それこそが猫であることを、「にゃんきっちゃん」は迫力にみちた愛らしさとともに語りかけてくる。

人の心によりそい、家族にもまして親密であるかと思えば、ふいっといなくなる。膝の上でまったりとしているかと思うと、次の瞬間にはヤモリを持ち帰ってくる。内と外。愛らしさと野生。秩序と無秩序。二つを行き来すること。その「連続性」はたしかに猫ならではのユニークな個性といえるだろう。

——念のために述べておくと、私は内と外を行き来することが猫の幸福であると言いたいのではない。猫にとって何が幸福かということは簡単に言えないことだと思う。飼い主の愛情があれば、猫たちは室内でも充分に満ち足りた生活を送ることができる。むしろ外より家のほうが好きという猫もすくなくないはずだ。先にも述べたように、我が家に駆けこんできた三代目も家のほうが好きだった。キジトラの雌だが、よほど外でおそろしい目にあったのか、みずから進んで外に出ることはほとんどなかった。のみならず、ガラスごしに外をみつめる表情にはきびしいものが感じられた。室内でしずかな余生を過ごすこと。

それが使命と心得ているかのようだった。

猫の幸福そうな姿を目にするのは幸福なことである。だがここではそうした現実の猫たちと少し離れて、ネコ科の猫、私たちのイエネコについて考えてみたい。内と外を行き来してきた猫たち。彼らのふしぎな「連続性」について。

犬は人とともに行動し、人間の領域から出ることはない。犬を連れて散歩している人を見ると、つくづくうらやましくなる。犬と人をつなぐ紐《リード》はいかにも信頼関係の証《あかし》のようだ。もちろん猫と人のあいだにも絆は存在するが、そのリードは目に見えない。うっかり外へ連れだすと、大変なことになってしまう。パニックになった猫は、たちまちどこかへ隠れてしまい、それっきりだ。

「人間に飼い馴らされてきた動物のなかで、ゆいいつ飼い馴らされなかったのは猫である」と述べていたのは心理学者ユングだった。見えない心の領域を探求した心理学者は、猫が見えない領域とつながっていることを、さすがに早くから見ぬいていたようだ。

内と外。目に見えるものと見えないもの。二つの領域を行き来する猫は、それゆえ神秘的であり、古来より詩人や芸術家たちに愛されてきた。

「神秘な猫よ、天使のような猫よ、／奇妙な猫よ、／おまえのなかにはすべてがある」と謳ったのは、『悪の華』の詩人ボードレールである。

文学、絵画、絵本、漫画、世界のキティちゃんにいたるまで、猫文化の広大さについてはあらためて述べるまでもないだろう。国境もジャンルもするりと超えていく、広大無辺の猫王国。そのうち少なく見積もっても半分は野良猫の領分だった。ところが人間中心主義の世の中になるにつれて、自然と人間が切りはなされてくる。そこで問題となっているのが、内と外を行き来してきた猫である。

具体的に考えてみると、問題はもっぱら内と外の「外」であり、秩序と無秩序の「無秩序」であり、人間界と自然界の「自然界」であり、人間の管理を超えた世界であることがわかってくる。

目に見えない世界。だが人間はどこまでそれを管理することができるだろう。自然界に対する人間の過剰な介入が生態系を変化させ、その結果さまざまな問題が生じることを痛いほど経験してきた私たちが、また同じことをくりかえしつつあるのではないかという懸念もなくはない。いまひそかに案じられるのは、外猫の減少につれて繁殖するネズミのことだ。近所の商店街でも問題になっている。一計を案じた寿司屋の店主が、ひそかに入手した猫の尿をスプレーしたところ、たちまち効果をあらわした。

いつの日か猫の尿が香水のように売買されるようになるのだろうか。高価な香水を必要とするくらいならば、猫を少しばかり放し飼いにしたほうが経済的にも、エコシステムとしても良いのではないかと思うのだが、現在のところ猫とネズミを結びつけて考える人は少数派のようである。トムとジェリーは文字通りの古典になってしまった。

だが猫の問題はそうした自然界の問題にとどまらない。たとえば「目に見える世界」と「目に見えない世界」が切りはなされるとして、それは何を意味するのだろう。たしかに近年では目に見える世界が善であり正しいとされる一方で、目に見えない世界――ゆたかな想像力や芸術が「不要不急」とされることもあった。そのことに衝撃をうけつつ、具体的に考えるすべもなかったわけだが、それが猫をとおしてにわかに浮かびあがってきたということだろうか。

猫の問題は、猫と長く共生してきた人間にもこうして多くのことを語りかけてくる。

内と外を行き来すること。そんな猫たちの良き理解者として思いだされるのは、詩人で思想家の吉本隆明である。子どもの頃からずっと、生涯にわたって猫と深い「つきあい」をつづけてきた詩人には『なぜ、猫とつきあうのか』など猫に関する著作もある。「猫の部分」と題するエッセーのなかで、詩人は書いていた。

「わたしの猫の部分は、いうまでもなくノラ猫から家猫への過程にあるものだ。これは知りあいから猫を譲りうけたばあいでもかわらない。いわゆる血統の正しい名猫を飼ったことはない。また家のなかだけで飼ったこともない。ノラ猫度を測る尺度は、たとえばほうり投げたり、器においたりした餌を、くわえてその場で喰べるか、あるいはくわえたまま遠ざかったところで喰べるか、視えないところまでいって隠れて喰べるか、その遠ざかり方の距離ではかられる。……」(『なぜ、猫とつきあうのか』一九九五年)

ふしぎな猫そのものの文章である。「わたしの猫の部分」とは何か。それは「いうまでもなく」「ノラ猫から家猫への過程にあるもの」という。それが何かということは容易にはわからないが、「過程」が重要であることはわかる。

詩人のなかにはさまざまな「部分」があった。たとえば「環境によって変わる部分」。だが「環境によって変わる部分は大した部分ではない」。さまざまな部分のなかで「猫の部分」は変わらない部分だった。それは本質的な何か、精神の自由に関わる部分だったように思われる。

惜しいことに詩人は亡くなってしまった。今生きていたら、と思う。猫たちを「遊牧民」にたとえることもあった詩人。「わたしの猫の部分」をたいせつにしていた人ならば、内と外をめぐる問題に対して何と言っただろう。

しかし詩人は去り、「わたしの猫の部分」が残された。「猫の部分」。「内なる猫」。さまざまな足跡が残されている。だがそれらは猫たちの見えない部分である。その部分が切りはなされてしまうとすれば、人間のなかの「猫の部分」も切りはなされてしまうことにならないだろうか。

社会に何らかの変化が起こるとき、もっとも目立たないところにその兆候が表れるとは昔から言われてきたことである。ならば猫たちが身をもって語りかけているものは何か。ここで一度くらい考えてみるのもいいかもしれない。日常という、もっともらしい日々のなかで忘れられつつあるものは何か。見えない部分。それを仮に「猫の部分」と呼ぶことにしよう。「猫の部分」が忘れられつつあるとしよう。だが「猫の部分」が忘れられるとしても、それははじめてではない。「猫の部分」は過去にも忘れられたことがある。むしろ多くの場合、それは忘れられがちな「部分」だった。その「部分」を再発見し、蘇らせたのが二十世紀の人々だったのだ。

彼らには身近な先例がなかった。どれほど不安だったことだろう。だがそれゆえに彼らは出会い、力をあわせて暗闇を照らしだそうとした。不自由な社会において、人々がいかに自由を取り戻そうとしたか。

思いだすこと。それはノスタルジーにとどまらず、忘れている現在を思いだすことでもあるだろう。


近年、コロナウイルス蔓延《まんえん》防止のための行動制限があった。猫ではなく人の行動が制限されていた。近所では外出自粛を呼びかけるアナウンスカーが走りつづけている。その機械音声を耳にすると、じっさいはそこまで神経質にならなくてもよいとわかっていても、なんとなく自粛せざるをえない気持ちになる。なるほど自由が制限されるとはこういうことかと思いつつ、なぜかしきりに思いだされていたのは防空壕《ごう》のことだった。

映像でしか見たことはないが、幾度となく目にしてきたために、いつのまにか身体にしみこんでしまった戦争の記憶——女と子どもたち、バケツと水、サイレンの音、閃光《せんこう》などが奇妙に思い起こされる。自由を夢想する者は非国民と呼ばれ、生命の危機に絶えずさらされていた時代。目に見える世界がすべてであり、それ以外を認めない「全体主義」が猛威をふるったのは、二十世紀前半のことだ。

わずか三十年のあいだに、二つの大戦争が勃発した。人類史上未曽有の戦争となった第一次世界大戦後のヨーロッパでは、それまでの西欧中心的価値観が崩壊し、新たな世界観が生まれつつあった。一方で、失業やインフレ急上昇で人々の不満が高まり、世界恐慌の混乱とともに移民排斥運動などの不穏な空気が充満していく。敗戦国ドイツでは大衆にアピールするナチス政権が一九三三年の成立へ向けて着実に歩みを固めていた。

私が思いだしたいのは、そのような重苦しい時代のさなかに、若い詩人や芸術家たちが新しい作品を次々に発表していたことだ。有名なマルセル・デュシャンの《泉》など、のちにモダン・アートの原点とも呼ばれる作品たち。それらは反戦運動と一体になっていた。

暴力的な世界に対する嫌悪と絶対的な否定の精神。「ダダ」と命名される芸術運動が産声をあげたのは一九一六年、まさに第一次世界大戦さなかのことである。

戦禍を逃れた若者たちがスイスの中立都市チューリッヒに集まってくる。ドイツの反戦詩人フーゴ・バルと歌手で詩人・パフォーマーのエミー・ヘニングス夫妻。そしてルーマニアからやってきた当時十九歳の若者サミュエル・ローゼンストック。ブカレストの大学生だった彼はやがてトリスタン・ツァラ（フランス語とルーマニア語をあわせて「故郷で悲しむ者」）の名で「ムッシュー・アンチピリンの宣言」と題する最初のダダ宣言を発表する。

「第一回ダダの夕べ」が開催されたのは一九一六年七月十四日。それは第一次大戦最大の激戦中のことだった。舞台とギャラリー付の「キャバレー・ヴォルテール」における「夕べ」の数々。DADAの四文字がパリ、ベルリン、ニューヨークをはじめ欧米から日本に至るまで、いかに世界に広がっていったか。ダダは「世界最初のグローバルな芸術運動」だった。（『ダダイズム 世界をつなぐ芸術運動』塚原史著）注目されるのは、「黒人詩の導入」や女性の活動をとおして、文学や芸術にはじめて「周縁からの視点」が獲得されたことだ。

「猫の部分」にはじめて光が当てられた。

二十世紀前半は文学や芸術のみならず、科学、物理学、生物学など各分野における「発見」があいついだ。暗闇のなかで星々はなんと明るい光をはなっていたことだろう。さまざまな芸術運動が勃興した。そのなかで最後に登場したともいえるのが、フランスの詩人アンドレ・ブルトンの「シュルレアリスム宣言」（一九二四年）である。

ツァラのダダ宣言から八年。ブルトンは初期ダダに共鳴していた。ツァラに手紙を書き、パリへ誘ったのもブルトンだ。ツァラとブルトン。二人はともに一八九六年生まれである。やがて別々の道を歩むことになる二人だが、一方では多くの夢を共有してもいた。根底には戦争に対する強烈な否定の精神がある。だがその現実に対する姿勢が、二人のあいだでは少し違っていたようだ。

「シュルレアリスム宣言」を読みはじめたとたん、ふしぎな思いにとらわれるのは、詩人のいう「現実」が決して目の前のそれのみを示しているのではないということだ。一九二四年の「シュルレアリスム宣言」には戦争のことが書かれていない。目の前の現実以前に、現実そのものについての深い問いかけがある。

「人生への、人生のなかでもいちばん不確実な部分への、つまり、いうまでもなく現実的生活なるものへの信頼がこうじてゆくと、最後には、その信頼は失われてしまう」（『シュルレアリスム宣言・溶ける魚』アンドレ・ブルトン著、巖谷國士訳、岩波文庫、以下同）。

この「現実的生活なるもの」は、私たちにもおなじみのものだ。いわゆる日々の現実へとふたたび目を向けさせることから、詩人の企てははじまる。日常に埋没した「現実的生活」において、救いとなるのが「幼年時代」というのも不意をつかれる。「いとしい想像力」への愛。そして「自由」への思い。

戦争はひとまず終結したが、何か目に見えない重苦しい空気が充満している。「現実主義的態度についての告発」からも、そのことが伝わってくる。「科学や芸術の道をはばんでいる」という「現実主義的態度」。それを糾弾する一方で、しきりに擁護され、再評価されているのが「夢」や「不可思議」であり、「想像力」や「狂気」だった。それらは人間とともに古いものであり、ひとことでいえば「見えないもの」である。

「現実主義的態度」という、いかにも正しい顔をしたものが、夢や不可思議といった「見えないもの」を追いやろうとしている。そんな危機的状況のなかで、以下の有名な一文は書かれたのだった。

「私は、夢と現実という、外見はいかにもあいいれない二つの状態が、一種の絶対的現実、いってよければ一種の超現実のなかへと、いつか将来、解消されてゆくことを信じている。」

夢と現実の一体化といえば、今では半ば「解消」されているように見える。むしろ目に見える現実だけがすべてであると素朴に信じることのできる人は少ないと思われてきたのだが、当時「二つの状態」は切りはなされていた、もしくは切りはなされつつあった。そこから両者の一体化を希求する思想が生まれてくる。すくなくとも私にとって、シュルレアリスムはひとつの明るい「窓」のようなものだ。それは目に見える世界だけがすべてではないことを告げる。内と外の連続性といえば、シュルレアリスムは猫に似ているといえるかもしれない。猫とはシュルレアリスム的な動物でもあったのだろうか。

人間は夢みる動物であるにもかかわらず、「現実主義的態度」が支配的になっていったのが前世紀の二つの大戦間だった。その少し前まで、人間は空を飛ぶこともできず、鳥やコウモリに学んだ翼をつけて飛び立とうとしては失敗ばかりしていた。ところが飛行機が発明されると、その十年後には戦闘機が空を飛びはじめる。

「夢」と「現実」が切りはなされ、どちらかが暴走するのは危険なことなのだ。そのことを深く知るがゆえに、そこから目をはなすことなく、夢と現実の交点に目を凝らしつづけた人々がいた。

澁澤龍彦は世間から超然としつつ、現代とは無縁であるかのような中世や古代の暗闇を照らしだす。そうすることで光を当てられていたのは、現代の「見えない部分」でもあった。

科学少年のようにわくわくとした目で現実を観察しつつ、想像することの愉しみを読者とわかちあう。そんなエッセーのなかでも、ここで注目したいのは「ボイオティアの山猫」と題するエッセーである。きわめて短いテクストだが、多くのことを語りかけてくる。猫について書かれた数少ない文章のひとつでもあるだろう。

「ボエティウスの『哲学の慰め』第三巻八章に、次のような記述がある。」

例によって、あまり知られていない古代ギリシアの哲学者の名が挙げられ、その著作の一点にスポットライトが当てられる。

「もしアリストテレスの言うように、人間が大山猫の目を借りて、その鋭い目で遮るものを見通したならば、あのアルキビアデスのほれぼれする肉体も、腹の中が見透かされて、きたならしく見えないだろうか。これを要するに、あなたが美しく見えるのも、あなたの生まれつきではなく、見るひとの視力が弱いからなのだ。」(『記憶の遠近法』「目の散歩」)

ギリシアのボイオティア地方に棲む「大山猫」があたかもレントゲン線のように、さえぎるものをすべて見透かしてしまうという伝説。古代ではおおまじめに語られていたことが、こうして紹介されると、まぶしい閃光とともに強烈なアイロニーをはなつのがおもしろい。

ちなみに「大山猫」は実在する野生猫の一種である。耳は三角で先端に長毛がついている。長毛は一種のアンテナであり、すぐれた聴力をもつという。野生猫のなかでも、ひときわ神秘的なたたずまいが目をひく存在だ。英名リンクスは「光」を意味するギリシア語に由来し、じっさい数キロ先まで見ることができるほどすばらしい視力の持ち主である。そのこともここに書かれているとおりだ。幻想譚と現実が地続きになっている。

そういえば、クロード・レヴィ=ストロースの晩年の大著『大山猫の物語』は北アメリカに生息するオオヤマネコの神話研究だった。かつて「霧の主《ぬし》」とも呼ばれたオオヤマネコは「野生猫」の別名であるという。

　この「大山猫」の透視力に対する憧れを、澁澤龍彦は「山猫コンプレックス」と命名しつつ書いている。「私はつねづね、このボイオティアの大山猫のような、超感覚の透視力を得たいものだと考えている。」しかもそれは「ただ、隠されているものを暴き出したいという、単なる無償の好奇心のためだけにすぎない。」

「山猫コンプレックス」とはユニークな命名である。ルネサンス期の画家たちはその多くが「山猫コンプレックス」に憑《つ》かれていた。解剖図を好んで描いたという。なかでももっとも有名なティツィアーノ画による『人体の構造について』（外科医アンドレアス・ヴェサリウスの著作）が刊行されたのは一五四三年。それはコペルニクスの地動説の発表と同年だった。見えるものをとおして見えないものを見ようとする目が、マクロコスモスから人体のミクロコスモスまで、それまで闇につつまれていた世界を「一挙に粉砕」したのだ。

「人体の構造」の発見と「地動説」の発見は同時だった。作者はそのことを得意げに指摘する。「ゆめゆめ山猫コンプレックスを馬鹿にしてはいけない。」

　科学と芸術は一見相反するようだが、はたしてそうだろうか。作者はそう言いたいかのようである。目に見えるものをとおして、見えないものを想像すること。科学と芸術は一体になっていた。

文庫本のページにしてわずか三ページにもみたない文章のなかに、とほうもないものが凝縮されているのはいつものことだ。ところで私はあるとき、このボエティウスなる哲学者の『哲学の慰め』の日本語訳が出ていることを知り、遅ればせながら一読する機会を得た。そしてまたまた驚かされることになったのである。

ボエティウスは古代から中世に転換する動乱期に生きた哲学者であり、政治家としても華々しく活躍したが、晩年は投獄され、非業の最期を遂げた。『哲学の慰め』はなんと獄中記だった。善が悪とされ、悪が善としてふるまうとき、倫理とは何か。神ははたして存在するのか。自問する「私」を、「哲学の女神」は優しく慰める。誠実な人には誠実そのものが力であり、悪をなす者はみずからを滅ぼすにすぎないと。こうした善悪をめぐる問答も古代から現代までくりかえされてきたものだろう。

詩と散文からなる対話形式のテクストは平易で読みやすく、後世の人々に向けた作者の思いがひしひしと伝わってくる。だが『哲学の慰め』の奇妙な現代性にもまして、私が胸うたれるのは、この悲壮感にみちた書物のなかで、澁澤龍彦が注目する箇所がただひとつ、「第三巻八章」の「ボイオティアの山猫」であるという事実なのだ。

もちろん短いエッセーの中のことではある。だが数奇な運命をたどった哲人とその著作について一言もふれられていないのはやはり不思議なことであり、そこに独自の審美眼を感じずにいられない。あえていうならば、善悪をめぐる世界はいつの時代も変わらないものだ。そうした現実を超えるものとして注目されたのが「ボイオティアの山猫」だった。哲学者ボエティウスが「ボイオティアの山猫」になったのである。

見えない世界。それはもちろん世界のはじまりとともに存在していたのだが、それが目に見えるようになるには、世界の中心である西欧に「発見」されなくてはならなかった。地理的にはアジア、アフリカなどの国々であり、日本もそこにふくまれていた。フロイトやユングによる心の内部。あるいは未開人と呼ばれた人々。子ども。女性。その他もろもろ。そして猫。

目に見える世界だけがすべてではない。目に見える世界と見えない世界が一体になることで、現代の文化は形づくられてきたのだった。

なぜ今ごろになってそのことを思いださなくてはならないのか。それは目に見えない世界を発見してきたはずの私たちが、ふたたび一元的な世界へと逆戻りしようとしているかのような錯覚にとらわれるからである。歴史を逆戻りすることなど不可能なはずだが——それは窓の外の風景を見たことのある人間に向って、じつは窓の外は存在しない、家のなかがすべてであると言うようなものだ——しかし今まさに中心部で進行しつつあるのが、歴史の忘却であるように思われる。

私たちは効率や利便性を追い求めるあまり、目に見えるものがすべてであると考えるようになってしまったのだろうか。だがここで忘れてはならないのは、人間が秩序や効率をもとめる一方で、それを超えるものをつねに希求してきたということだろう。ほかならぬ猫がそうだった。

猫は一見、社会の役に立たない。犬のように忠実なパートナーでもなく、狩りを手伝うことも（ほとんど）なければ、家畜の番や見張りをする、臭跡をたどるなどの仕事をすることもない。にもかかわらず古来より愛され、今では犬をしのぐほどの人気になっている。そのことじたい象徴的といえる。あらためていうまでもなく、私たちには役に立つものと役に立たないものの両方が必要なのだ。

秩序や常識や意味を超えるもの。猫と芸術の仲がいいのは当然すぎるほど当然だった。とりわけ猫を愛した画家のリストは、そのまま二十世紀以降を代表する画家たちのリストであるようにも思われる。

猫と芸術。両者はともに目に見えない世界の扉をひらく鍵でありつづけてきた。ここで最後にふりかえっておきたいのは、両者の「出会い」である。

絵画が一種の記録であるならば、猫の絵画史をさかのぼることで、人と猫の出会いが生き生きと見えてくるのではないだろうか。そんなユニークなことを考えた人がいる。イギリスの動物学者であり、シュルレアリスムの画家としても長く活動してきたデズモンド・モリス。そのライフワークの集大成ともいうべき『猫の美術史』（柏倉美穂訳）によると、人と猫の出会いは私たちが考える以上に古いものだったようだ。

人と猫の出会いは文明の発祥地のひとつ、約四〇〇〇年前の古代エジプトにはじまるというのが定説だった。

すでに見たように、野生のヤマネコが人間社会とはじめて関わりをもつようになったのは、穀物倉庫の周辺などでネズミ類が急増したせいだと考えられている。猫から見ると、獲物の豊富なエリアに人間という謎の生き物が暮らしていた。日々の活動に精をだすうちに、なぜか出入りをゆるされ、歓待されることもあった。ふだんの食事よりも豪華な食事が提供されることもあったかもしれない。女や子どもに可愛がられることもあっただろう。こうして人間とともに暮らすようになったのが、私たちのイエネコのはじまりである。

もっとも、古代エジプトの猫たちがはたして現代のようなペットだったかどうか。よく知られているように、古代エジプトの猫は神様でもあった。

エジプト神話に登場する女神バステトは猫の姿をしている。猫のお面をかぶっている場合もあるが、それだけではなく、全身がすらりとして美しい猫そのものなのだ。金のピアスや首飾りをつけた猫の彫像も発見されている。猫のミイラも有名だ。古代エジプトの猫は現代のペットの概念を超えていた。

残された壁画の図像はじつに多彩である。有名な「狩りをするネバムンと猫」では、前足と後足と口を使って一度に三羽の鳥を獲る（！）アクロバティックな猫が、青々とした美しいパピルスなどの植物や魚たちとともに描きこまれている。

ネズミの女主人に仕えるナンセンスな猫女中もいれば、青い猫のオブジェもある。ピンクやブルーの猫を描いた二十世紀のアンディ・ウォーホルも驚く猫たちである。古代エジプトの猫のテリトリーは現代の私たちの想像もおよばないほど広かったようだ。当時の猫ブーム（といっていいのかどうかわからないが）は私たちのそれをはるかにしのぐものだったにちがいない。

猫たちはそのはじまりからして生と死、見えるものと見えないものといった二つの領域を自由に行き来していたのである。


古代エジプトの猫たちが最古の飼い猫であるという定説がゆらいだのは、二〇〇七年のことだった。野生のリビアヤマネコがおよそ一万年前に古代オリエントで飼い馴らされていたことがDNA解析などで証明され、研究チームにより『サイエンス』誌に発表された。リビアヤマネコの分布はひろく、アフリカからイラン、インドなどにわたっている。欧米チームによる研究では、イエネコのDNAが約十三万年前に中東の砂漠などで生息していたリビアヤマネコと一致した。『猫的感覚』にもあるように、当時の人間たちの周囲にはリビアヤマネコのほかにも、ジャングルキャットやスナネコ、マヌルネコなどさまざまな野生猫がいたが、その中でただ一種、リビアヤマネコだけが人間に飼い馴らされることに成功したのである。言いかえると、リビアヤマネコだけが人間の世界に入りこむことができたというわけだ。そして人間とともに、地上に繁栄する哺乳類になった——。

二〇〇四年には地中海のキプロスで約九五〇〇年前のものとされる「三十歳くらいの男性とネコが一緒に埋葬されたお墓」がフランスの研究者たちにより発見される。これにより、イエネコの遺伝的な祖先がアジア起源のリビアヤマネコであることが考古学的にも裏づけられた(「飼いネコの始まり——遺跡が伝える新石器時代の人猫交流」西秋良宏)。

猫の骨は考古学遺跡でめったに見つからないだけに、「男性の足下に埋められていた猫」の発見は大きく、現在のところ「最古の飼い猫の墓」とされている。「最古のイエネコ」をどこまでさかのぼることができるか、興味はつきない。

だがここで注目したいのは猫のルーツにもまして、一枚の絵画である。

先の『猫の美術史』によると、もっとも古い猫の絵のひとつはフランス南西部ドルドーニュ県の洞窟壁画であるという。

ドルドーニュ県といえば、ラスコーの壁画で有名なところだ。スペインとの国境に近い南仏ラスコー洞窟の壁画は一九四〇年、地元の子どもたちに発見され、世界中から多くの人々が訪れた。現在では非公開になっているが、一万五〇〇〇年以上も昔に生まれた美しい動物たちの図像《イマージュ》は、「芸術の誕生」を告げる輝かしいイコンのひとつとして知られてきた。だがそのラスコーの近くにガビュという洞窟があり、そこに猫の絵が描かれていることはあまり知られていない。もちろん私も知らなかった。

はたして猫だろうか。さまざまな意見がある。骨がみつかっているわけでもない。だが砂色の壁に描かれたシンプルな線刻の図版をひと目見たとき、私は不思議な懐かしさにとらわれた。丸い顔と三角の耳。何かをじっとみつめる大きな目。首がほそながく、すらりとしている。一匹だけぽつんとたたずんでいる様子。そのシルエットはたしかに猫科の動物を思わせる。一万五〇〇〇年以上も昔の画家がなぜか身近に感じられてくる。

「猫」と判断したのは、洞窟壁画のパイオニアとして知られる考古学者、アンリ・ブルイユ神父だった。(ジョルジュ・バタイユの名著『ラスコーの壁画』にもブルイユ神父への謝辞がある)。反論もあるが、『猫の美術史』の著者もやはり猫説を支持する。理由として、「先細りの長い首、丸い顔、耳の形や位置など」があげられているが、私はそこにもうひとつ、「首の角度」をつけ加えたいと思う。斜め四十五度に傾いた首の角度。これは好奇心にみちた猫が「何か」を覗いているところではないだろうか。「何か」というのは、おそらく人間である。猫が人を見ている。その猫を人もまたみつめている。猫と人のひとつの出会いがここには刻印されている。そのように想像することも可能だろう。

おそらくヨーロッパヤマネコの一種であるという。この種のなかでもリビアヤマネコこそは、イエネコの直接の祖先だった。猫と人間の距離は縮まりつつある。下半身は自然界にありながら、上半身はすでに人間の方へと傾いている。人と芸術の出会うところに猫がいたとしても、もはや不思議ではないはずだ。見えるものは見えないものを、そして見えないものは見えるものを夢想しつづける。両者はたがいを求めてやまない。太古の猫は時を超えて、私たちにそう語りかけているようだ。

猫たちの足跡をもとめて、ずいぶん遠くまで来てしまった。

だが不思議なことに、遠くへ行けば行くほど、未知の猫たちを知れば知るほど、彼らをとおして見えてくるのは、どこか懐かしい猫たちであるようにも思われる。

ヤマネコというと、まるで私たちのイエネコとは別の猫のようだが、人の手で描かれた絵画のなかの猫たちはかくもあたたかく、おかしく、不思議な親密感にみちている。千年万年前の猫であっても、猫はやっぱり猫だ。そんなふうに思われてくる。

日本にはイリオモテヤマネコやツシマヤマネコがわずかながら今も生息している。ヤマネコを主人公にした物語や絵本も多い。宮沢賢治の「どんぐりと山猫」の昔から、人々は猫と親しんできた。ヤマネコとイエネコはやはりどこかでつながっているのだろう。

太古の昔、自然界の動物たちのなかで、なぜ猫だけが人間の世界へ「やってくる」ことができたのか。のみならず、自然界と人間界を行き来しながら、かくも深い関係をむすぶことができたのか。

ともに進化し、旅をつづけてきた人と猫はこれからどこへ行こうとしているのだろう。私には未来のことも、遠い過去のこともわからない。猫の幸福とは何かということも、正直のところよくわかっていない。猫が再びやってくるかどうかも定かではない。ただ確かなことは、猫たちがこれまで内と外を行き来してきたということだけだ。

我が家の猫たちもそうだった。古アパートの一階には共用部をかねた中庭があり、内と外のあいだのガラス戸はいつも十センチほどあけられていた。猫が通ると、うすいレースのカーテンがふわりとゆれる。

外にはさまざまな生き物が暮らしていたが、内と外を行き来することができたのは猫たちだけだった。——それはほんの二十年ばかり前のことだが、なんだかずいぶん昔のことのようにも思われる。

猫が人より家につくというのはほんとうだろうか。猫がやってくるとは、どういうことか。猫たちがいなくなった今ごろになって考えている。

Ⅱ　光の猫

小雨が降っている。猫は眠っている。雨の日の猫はすっかり丸くなっている。頭を中心に渦を巻くようにして足先を頭につけ、尻尾でふたをしている。人間にはとうてい不可能なポーズである。出かける準備をしていても微動だにしない。あるいは気づかぬふりをしているのかもしれない。どちらにしても今日は家でおとなしくしているだろう。

電車で二駅。不動産会社で待ち合わせして現地のアパートへ向かう。二人は三十代で結婚したが、一緒に住む家がみつからず、それぞれのアパートで暮らしている。もう半年以上になる。ふつうは家を探してから結婚するのか、どちらかの家に住みながら探すのか。小さくてもそれぞれの城がある。そのことがかえって難しくしている。

夫は新宿二丁目のアパートに住んでいる。大畑ビルといって、彼以外の住人はみな大畑姓だ。トイレの内装がピンク色である。だからというわけではないが、あそこに住むのは考えられない。といって井の頭線久我山《くがやま》駅から徒歩二十五分のワンルーム十畳は一人にはひろいが二人にはせまい。週末になると物件を探すのは最初のうちこそ楽しかったが、数カ月も経つとしだいに不安になってくる。適当なところでいいと思うのだが、その「適当」がみつからないのだ。

一九九七年のアパート探しにおいては、外観や内装を現地で見る以外に方法がない。駅に近く、広いというので行ってみるとラブホテルの裏だったりする。考古学徒の夫は昔の住居には詳しいが、現代の家にはあまり関心がないようだ。どこでもいいとは言わないが、そう思っているふしがある。

駅から多少遠くてもいい。築年数にもこだわらない。オートロックもいらない。駐車場もなくていい。二人とも車の免許を持っていない。なるべく広いところを探している。二人の条件はつつましく思われていたのだが、しだいにわかってきたことは、それらの条件が不動産会社にとって魅力的ではないらしいということだった。とにかく「新築戸建て」を強くすすめられる。「見るだけでも」と元コーヒー販売店員でスカウトされたというパワフルな女性の勢いに乗せられて現地へ向かうと、まだ何も建っていない更地である。「近くに似た物件がある」というのでついていくと、たしかに三階建ての家が建っている。その階段が急すぎて上り下りすることができない。

あの家はどうなったのだろう。ときおり思いだすことがある。夜だったせいか、高架下にぽつんと立つ家はとても寂しげに見えた。

たむらしげるの絵本で、夜になると家々が「ザッザッ」と歩きだす作品がある。『クジラの跳躍』という世界の果てのような物語の一場面だ。男の夢のなかで、ガラスの家々が一列になって行進する。「ザッザッザッザッ」「ボクラハ ガラスノ海ノ果テノ／陸地ヲメザス……。」

戸建てか集合住宅か。アパートが気楽でいいだろう。「この先どこで暮らすことになるかわからないし。」

猫のミツはキャットフードを食べて満足したのか、ベッドの上で寝ている。全身は白く、耳のあいだと尾と背の一部が黒いぶち猫である。白に黒のぶちが白に黒のアフリカ紋様のベッドカバーの上にいると保護色のようでうっかり坐りそうになるので新しいベッドカバーを探そうと思いながらそのままになっている。ときおり現れるようになった男をミツは歓迎しているのかどうかわからないが、頭をなでられるとうれしそうにしている。じつは社交的な猫であることがのちに判明する。知人からゆずりうけたミツは二才だ。フランネルの生地のようにふわふわしているが、みかけによらず凄腕のハンターである。

いっそこのまま平安時代のように通い婚というのもわるくないかもしれない。そんな思いに沈んでいきそうになったころ、現れたのが丸尾氏だった。

体型や雰囲気がムーミンを思わせる氏がそれまでの不動産会社の人々と違うのは、相手の話をよく聞いてくれることだ。家といっても、やはり人が重要なのだとしみじみ思う。その丸尾氏がめずらしく会社に電話をかけてきたのが一昨日のことである。

アパートの一階で庭があるという。「築二十年で少々古いのですが……バブル以前に建てられた集合住宅にはよくあるのですが、むだな空間といいますか、中庭がひろいようです。私もまだ見ていないのですが、行ってみますか？」

そういう丸尾氏自身、行きたそうである。エレベーターで階下におり、一階ホールに設置された緑の公衆電話にテレホンカードをさしこむ。会社に電話すると、本人が出た。現地集合ということになった。

小雨がふっている。猫は眠っている。キンモクセイの香りが町じゅうにひろがっている。オレンジ色の小さな花は咲きはじめると三日から一週間ほどでおわってしまうが、その間はキンモクセイ祭りである。甘い花の香りはどこか懐かしい記憶にうったえかけてくる。澄んでいるのに深い香りがする。

三人を乗せた車はワイパーを動かしながら進んでいく。大通りの信号を左に折れると用水路があり、緑に囲まれた集合住宅のつらなりが見える。同じような建物がつづく。いずれもりっぱなケヤキとイチョウ並木に囲まれている。巨大な庭園のなかをぐるぐると回っているようだ。めずらしく迷ってしまったらしい。一方通行の道をバックで戻った。「かつて最先端のニュータウンだった」という社宅群は、鬱蒼《うっそう》とした木々とともに歴史を感じさせる。ひっそりしているのは雨のせいだろうか。

目的の建物は青梅街道沿いに立っている。何のことはない、さきほどのニュータウンに隣接していたのである。白いモルタル造りの五階建て集合住宅はこぢんまりとしている。大通りをトラックや車がひっきりなしに走っているが、小さなアーチ型の門をくぐり、ガラス戸を押して中に入ると、とたんにしずかになった。赤煉瓦《れんが》色のタイルが敷きつめられた玄関ホールの先に、三つの扉がならんでいる。真ん中のドアをひらくと、なかには洞窟がひろがっていた。

天井が高いせいか、そのように見えた。洞窟のむこうに緑が見える。東京に暮らして七回引っ越したが、窓の外に緑が見えるのははじめてだ。彼にいたっては窓をあけたことがない。「窓の向こうは壁だと思っていた。」

廊下の左右に小部屋とバストイレ。その先がダイニングキッチンをはさんでU字型に分かれている。室内は家具と物がひしめいている。物にぶつからないよう注意しながら進んでいくと、中庭に面した窓辺に立つことになった。

庭は荒れ果てていた。言いかえると自然ゆたかだった。予想よりもはるかに庭がひろい。雨でぼうっと霞んでよく見えないが、たくさんの木が植えられているようだ。

「息子たちが果物の種を植えたら、どんどん育つのでおもしろがって……。」

背後で夫人が説明している。二十年間ここに暮らしてきた夫人は今、ダイニングキッチンの椅子に座り、足を組んでいる。物が多くて身動きできないのかもしれないが、その姿に威厳がある。

「春になると白梅や桃の花が咲いて、ウグイスも来るんですよ。」

「夏には白い木槿《むくげ》が咲きます。中心が赤くて、可愛いんです。その隣が山椒《さんしょう》の木。チョウが好きでね。アゲハチョウがよくやってきます。」女主人は庭について語りつづける。まるでこの家の中心は庭であり、庭がすべてであるかのように。「キウイ、桃、梅、柚子……どの木も、子どもたちが幼かった頃、種を植えたのね。それがすくすく育って。アボカドの木もあります。」

「アボカドの木ですか。」アボカドは好きだが、スーパーで買うと一個二百円くらいする。どんな木だろう。「あのいちばん背の高い木です。」女主人が指さした方角を見ると、たしかに椰子《やし》のような木がまっすぐ伸びている。

「アボカドの実がなるんですか。」

「実はなりません。」

すこしがっかりしたが、会話が生まれるきっかけになった。キウイ畑もある。やはり実はならないという。実のならない植物を整理するだけでも少しはすっきりするのではないか。そう考えている自分におどろいた。植物には縁がないと思っていたからだ。

「とにかく何を植えてもよく育つんです。土のせいかしら、くろぐろとしていて、野菜や果物づくりにいいそうです。」

「練馬といえば、練馬大根で有名ですもんね。」夫がいうと、

「まあ、よくごぞんじですね。大根を植えたことはありませんが。」夫人が華やかに笑った。

室内は思ったよりもひろくない。そして庭がひろい。ふつうは逆ではないだろうか。庭に面した部屋が一段ひくくなっている。流行のバリアフリーに逆行している。しかし段差があるのもいいかもしれない。３ＬＤＫということだが、ダイニングはほとんどないも同然だ。ダイニングと庭に面した部屋のあいだに白い引戸がある。それを取ってしまえば、少しはひろく見えるかもしれない。いっそのこと、窓の曇りガラスを透明に変えるのはどうか——。そんなことを真剣に考えている自分に気づく。

窓をあけるとほのかにキンモクセイの香りがする。ブロック塀のむこうには大木のつらなりが雨にけむり、風景がぼうっと霞《かす》んでみえる。

「あの向こうは何ですか？」

「D社さんの社宅です。さっき通ってきたところですよ。あの建物と同じものが全部で十棟だったかな。かなり広いです。建て替えはまずないでしょうね。ひとつの町がなくなるようなものですから。」

その町がのちには消えるわけだが、先のことはわからないと思っていた。先のことなど考えていたら何もできない。今がよければそれでいいではないか。そう思うことでは、皆の意見が一致していた。

庭の管理は一階の住人たちが各自おこなっているという。

「管理されているようには見えませんでしたね。」三人になると、丸尾氏は言った。「じつは……一応お伝えしておいたほうがいいかと思うのですが。」

「なんですか。」

「たまに、出るそうなんですよ……。」暗い顔をしている。

「え。出るって、なにがですか?」

せっかくふくらみかけた期待がみるみるうちにしぼんでいくのを感じながら、相手の言葉を待つ。今度もだめだったか。そう思ったので、

「ネズミですよ、たまに出るそうなんです。」そう聞いたときは心底ホッとし

た。

「なんだ、ネズミですか。」幽霊じゃなくてよかった。「それでしたら大丈夫です。うちには猫がいますから。」

そういえば、物件情報にはペット可とも不可とも書かれていない。

「猫ちゃん、何匹ですか?」

「一匹です。」

「おとなしい猫なら、いいんじゃないですか」とムーミン。

「おとなしいことはおとなしいのですが、家にずっといるタイプではないので……。」ミツのことを思いだし、急に不安になる。すると夫があっさり、

「外の猫ということにすればいいんじゃない?」という。

「外からやってきて住みついた、ということにすればいいんじゃないかな。」

その意見に皆が賛成した。

一九九七年当時、「ペット可」の集合住宅はまだ一般的ではない。だがアパート内で犬や猫を飼う人は増えている。このアパートでもじつはすでに数名が犬や猫を飼っていた。そのことはのちに女性の理事長が就任し、全戸に配布されたアンケートをとおして明白になるだろう。

アパートが「ペット可」の集合住宅になるのは五年後のことだ。つまりミツは猫が外にいるのがふつうだった時代に、外から「やってきた」。そしてアパートが「ペット可」になる頃、「飼い猫」になったというわけだ。しかも当時は内と外を行き来することができた。つくづく強運の持ち主である。ミツは仔猫のときから、なんとなく運を味方につけているようなところがあった。

それにしても猫が外からやってきて、ネズミ退治をするうちに住みつくようになったというのは、のどかな昔話のようである。じつはリアルな昔話でもあったのだが、当時はそのことを知る由もない。ともかくミツは本領を発揮する。六匹兄妹のなかでもとりわけおっとりしているように見えた仔猫。野良猫家族の一匹をひきとったのは、阪神淡路大震災の年のことである。

*

猫を飼いたいと思ったのは、生活を変えたいと思ったからだった。猫のためというより、自分のためだった。当時はそれほどまでに荒廃していた。

一日の大半を会社で過ごし、真夜中過ぎに終電めざして渋谷道玄坂の坂道を駆けおりていく。満員電車にゆられて駅から徒歩二十五分。寝静まった商店街をぬけて川をわたり、さらに歩く。一階十畳のワンルームはひろびろとして窓も多く、インド雑貨店で購入した薄い縮緬風のコットンに細かな藍の貝殻模様を思わせる布をかけると薄い光を透かして海底にいるような気分に浸ることができたが、家にいる時間はほとんどなかった。大学卒業後はフランス語の洋書店に就職したが、タイプライターの音のすさまじさについていくことができず、辞めてからは転落の一途をたどっていた。絵本と出会い、これこそ自分が求めていたものだと強く思ったにもかかわらず、児童書出版社に居場所をみつけることができなかった。そこで絵本を買っては友人知人に送っていたが、どういうわけかまるで反応がない。お金もしだいに尽きてくる。会う人ごとに絵本について語っているうちに、書くことをすすめられ、小さなコラムを担当するようになった。だがもちろんそれで生活できるはずもなく、日中はタウン誌の編集の仕事をし、夕方からカレー屋でアルバイトをしてもぎりぎりの生活だ。そんな二十代女子を見かねたのか、カレー屋のマスターが「友人で会社を作ろうと思っている男がフランス語のできる女性を探している」という。自分のフランス語が役に立つとも思えなかったが、会ってみるとりっぱな人物である。ソルボンヌ大学で同級生だったという奥さんもチャーミングで魅力的な人だ。外国籍というが、何人であれ自分のような人間を雇ってもらえるならこれほどありがたいことはない。亡くなった父親は日本語教育にたずさわっていたため、子どもの頃からアジアの留学生をはじめ外国人に囲まれていた。朝起きて台所に来ると、頭にターバンを巻いたインド人の青年が父と話しこんでいることもあった。

国籍も男女も関係ない。何より絵本の仕事を続けることができる。そう思っていたが、会社がみるみるうちに大きくなり、三度の引っ越しを経て渋谷に移転した頃には大勢の社員をかかえる会社になっている。なんとかしなければと思うのだが、現実というモンスターに対して何ができるだろう。そんなとき三十歳の女子ならば旅に出る、部屋のインテリアを一新するなど日常の変革におよぶものだが、それが「猫」だった。

会社が恵比寿にあった頃、半地下のオフィスから中庭を見上げると、ときおり猫がひなたぼっこしている。ショートカットで美人の大家さんが「飼ってるんじゃないのよ」と言いながら世話をしている姿が目に焼きついていたのかもしれない。猫のいる風景は平和そうだ。家で過ごす時間もふえるのではないか。猫を飼いたい。そうつぶやいたわけでもなかったが、不思議なもので、当時よく会社に出入りしていた別会社のKがふらりと現れ、「奥さんが大阪からたくさん仔猫をもらってきたんだけど、誰かいらない？」という。夫人の実家の近所で猫が生まれたので、六匹全部ボストンバッグの中に入れて東京へ連れてきたというのだ。

写真を見せてもらうと、筵《むしろ》の敷かれた廃屋のなかで、仔猫たちが身を寄せあっている。いまどき白土三平の漫画の中にしか存在しないような廃屋のすさまじさにも驚いたが、こちらをみつめる仔猫たちの愛らしさに目を奪われた。

右下には「95・9・30」の日付が印字されている。生後一カ月くらいだろうか。すると阪神大震災後の夏に生まれたことになる。東京では地下鉄サリン事件が起こり、夏には絵本作家の木葉井《きばい》悦子が五十八歳で急逝した。「偲ぶ会」の大会場には大勢の関係者が集まり、「ここにサリンが撒《ま》かれたら日本の絵本業界が全滅しますね」とスズキコージが挨拶して黒い笑いの渦を巻き起こしていた。その夏、大阪の廃屋で六匹の仔猫が生まれたのだった。

もう一枚の写真はいかにも貫禄のあるキジトラの母猫が胸をそらして坐り、仔猫たちに訓示を垂れているようだ。かしこまった様子で母をみつめる仔猫たち。黒猫二匹。母親似のキジトラ二匹。グレーと白のぶちが一匹。白に黒のぶちが一匹。そのなかで白黒のぶち猫だけはあさっての方角を見ている。グレーと白のぶちは目がぱっちりとしており、つねにカメラ目線でこちらを見ているのが愛らしい。「この子がいい」と指をさすと、「あ、その子はもう決まっている」という。「ほかの五匹ならどれでもいいよ」。

出鼻をくじかれる思いがしたが、気をとりなおし、直接見にいくことにした。Kの家に行くと、和室に巨大なケージが置かれており、その中に六匹の猫たちがいる。

元気すぎるのも困ると思い、「ぼうっとした子がいい」というと、「どれもぼうっとしとうよ」と奥さんと一緒のときは大阪弁になるKがほほえむ。

夫妻は彼女を一人にしてくれた。ケージから出された仔猫たちがわらわらと散らばっていく。その中でみずから進んで膝の上に乗ってきたのがミツだった。白黒のぶち猫が、写真のなかで一匹だけあさっての方角を見ていた猫であることはすぐにわかった。

ぶち猫は好奇心と親しみをこめたまなざしで、客の目をじっと覗きこんだ。

＊

全身が白く、右耳のつけ根と背の一部、細長い尻尾の部分だけが黒い猫を「ミツ」と名づけたのは、そのころ泰流社から出ていた『ミツ』という絵本の猫によく似ていたからだ。

『ミツ　バルテュスによる四十枚の絵』はフランスの画家バルテュスが少年の頃に飼っていた猫の失踪物語である。言葉はなく、右ページの白い紙の中央に、九×十センチに統一された墨絵が四十枚、無声映画のようにつづく。

少年が旅先で、ベンチにすわっている猫をみつける。飼ってもいいことになり、家へ連れて帰ることになる。スイスの山々が見える船の甲板で、少年は猫をだいじそうに腕に抱いている。ジュネーヴの町。市街電車のなか。少年の腕のなかで猫はおとなしくしている。長旅の道中、ケージもなく、大丈夫なのだろうか。ひやひやするが、ぶじ家へたどりつく。それからが大変だった。少年と仔猫とのほほえましくも波乱にみちた日々がはじまる。

一篇の映像詩のような作品が特異な輝きをはなっているのは、それがほかならぬ主人公の少年自身の手で描かれたことと無縁ではないだろう。「ミツ」という命名も、東洋に憧れを抱いていた少年自身によるものだ。日本語の「光」に由来するという。

*

猫はたしかに生活に変化をもたらした。深夜、家路を急いでいると、遠くから白いボールが走ってくる。足元まで転がってくるとますます弾み、片手を出すと、くるりとお腹を見せてすばやく一回転する。ともに玄関から中へ入る。そこまでは良かった。が、電灯をつけると、フローリングの床の上に供物《くもつ》がつめたく横たわっている。

トカゲ。ヤモリ。カマキリの残骸など。自然界の生き物がなぜ室内に横たわっているのか。最初はわけがわからなかった。叫んだところで助けに来てくれる者もない。いったいなぜ、どこから捕ってくるのか。近所には公園も原っぱもない。コンクリートとアスファルトで固められた住宅地のどこに、これだけの生き物がひそんでいるのだろう。

このままでは地域のトカゲが絶滅してしまうかもしれないと思い、窓の鍵を閉めて出るようにした。植物があると少しは落ちつくかと、「幸福の木」という名の大きなドラセナを購入したが、終日ワンルームのなかにいるとストレスがたまるのだろうか、「幸福の木」がたちまちぼろぼろになり果てた。

爪とぎ用シートを買ってきたが、見向きもしない。大事な本やレコードに手をかけられるのを恐れて、ふたたび窓の鍵をそっと開けて出ていくようになった。

仕事中も気になって仕方がない。早めに帰宅すると、猫は不在である。戻ってきたと思ったら、また何かを咥《くわ》えている。なぜトカゲやヤモリを狙うのか。そういえば背中の黒い模様がイグアノドンのようだ。坐っているところを後方から眺めると、ちょうどイグアノドンが横を向いたシルエットを思わせる。イグアノドンの尻尾と猫のそれが一体化し、パタパタと動くと迫力がある。猫と爬虫類は宿命のライバルなのだろうか。そんな妄想とともに、当時たまたま読んでいた本の一場面がかさなり、悪夢にうなされることもあった。

「サラマンドラよ、燃えよ」と題する澁澤龍彦のエッセーのなかに、かつて火のなかに棲むと信じられていた伝説の動物サラマンドラと小判鮫《レモラ》が死闘をくりひろげる場面がある。夢のなかではその小判鮫《レモラ》のかわりにミツが闘っていた。

著者によると、サラマンドラは火の象徴として中世の書物によく登場する。その火にも二種類あり、紋章学の火がもっぱら人間の情念の火を意味するのに対し、錬金術のサラマンドラは見えない魂の火、精神の火であり、恩寵によって天界から降りてくる火を意味するという。

「そもそも火とは、物質を苦しめ、これを死にまで至らしめて再生するところの、錬金術の過程において欠くべからざる要素なのである。」それゆえ中世においては「恩寵の火」を運ぶ使者としてのサラマンドラの浮彫《レリーフ》が家々の正面玄関や建物の側面に刻まれた。――現代の私たちとはまるで無縁の事柄が書かれているようで、そうともいいきれないところに著者の不思議な魅力がある。

まだ洋書店に勤めていた夏の朝、出勤すると会社がざわめいていた。澁澤龍彦が亡くなったという。晩年の著者と洋書店のあいだにそれほど深いつきあいはなかったようだが、――おそらく本は直接フランスに注文していたのだろう――あの夏の朝の空気はつねと異なるものだった。

一九八七年に他界した著者の本はその後、続々と文庫化される。渋谷駅の地下に迷宮のようにひろがっていた旭屋書店に行くと、文庫コーナーにずらりと平積みされている。古風な絵の四隅が真珠のピンで留められたような独特の表紙もどこかタロットカードを思わせ、きらびやかで妖しい魅力をたたえている。値段も安く、少しずつ買い集めるようになった。

火の動物サラマンドラと氷の動物・小判鮫《レモラ》の奇妙な戦いは哀しくも美しい。十七世紀の自由思想家シラノ・ド・ベルジュラックの小説『太陽諸国の滑稽物語』の一場面。両者の果てしない死闘がくりひろげられた末、ついに勝利を得るのは小判鮫《レモラ》の方だ。

打ち倒されたサラマンドラ。その屍体はしかし無駄にはならなかった。「太陽の国」の老人はいう。私はこれを台所の燃料にすると。古代人はこれを「燃えるランプ」と名づけ、その眼玉は二つの小さな太陽のように、死の暗闇を追い払うものとして、たいせつにされたのだと。

サラマンドラならぬ現代のトカゲは何を告げているのか。猫はなぜトカゲばかり獲ってくるのか。飼い主にわかるはずもなかったが、そんな悪夢も、また文庫本のエッセーのこともすっかり忘れた頃、思いがけないことが起こった。

帰宅の遅い日が続き、深夜一時過ぎに帰るとミツの姿がない。またどこかへ出かけているのだろうと思っていると、クローゼットの奥から「ミ……」という声がかすかに聞こえる。引っぱりだしてみると、目の焦点が合っていない。クッションがびっしょり濡れている。

深夜の動物病院にどのようにして駆けこんだのか覚えていない。電話に出てくれた女性は誰だったのか。受けいれてもらえたおかげで助かった。

長時間にわたる手術で、ミツは奇跡的に一命をとりとめる。

「よくがんばりましたね。もうすこし遅かったら危ないところだった。」

翌朝、院長先生はそう言った。オートバイか何かにぶつかったのではないかという。

ミツは救われた。その頃、人間の方にも同様の出来事が起こっている。新たな再生のためには一度闇をくぐらなくてはならないというのは真実かもしれない。もうだめだと思ったとき、悪夢から醒めるようにして別の扉がひらく。そういうものなのかもしれない。

＊

引っ越しは五月。ミツはさっそくガラスごしに外をみつめている。目を大きく見開き、耳をぴんと立て、全神経を外に集中させているようだ。

「二週間は外に出さないほうがいい。迷子になるから。」

猫とのつきあいが長い友人から忠告されていた。大学時代からの友人で本郷に住んでいた彼女は他人の面倒見がよく、地方から上京してきた学生たちはずいぶんお世話になったものだが、その家が今では外猫たちのたまり場になっている。

猫のヒゲはレーダーのようなもので、自分の居場所や平行感覚などを測ると いうのも、彼女からおそわったことだ。よく見ると、たしかに口の周囲のみならず、目の上にも白いヒゲが生えている。ヒゲを立てると円ができる。その円が「見えない通り道」になるという。「猫はヒゲで世界をさぐる。」「人間にもそんなヒゲがあるといいのにね。」

ケータイはまだ普及していない。その後GPS機能のおかげで人間は進化したのか退化したのかわからないが、猫ははるか昔からヒゲで世界を測っていたのである。猫がいつもゆったりとして落ちついているのは、ヒゲの力によるところが大きいのではないだろうか。

猫とは異なり、人間はいつもあたふたしている。引っ越してすぐに東急百貨店の地下でヨックモックのシガールを買い、両隣へ挨拶に行く。右隣のベルを鳴らすと、八十過ぎの老婦人が現れた。背が高く、声のきれいな人だ。

庭園の管理はもともと管理会社が植栽の手入れと同時に剪定《せんてい》もおこなっていたが、管理会社が変わってから自主管理になったという。

「もうね、若い人におまかせしているの。」しきりに「若い人」をくりかえす。だがMさんには庭師の「おともだち」がいる。Mさんにはたくさんの「おともだち」がいた。庭師のSさんには剪定を教わることになるだろう。

もう片方の庭は妙に青々としている。なんと人工芝である。芝の上に人工芝を敷く人もいるのだと思いつつ、ベルを鳴らすと、ドアの隙間から顔を出したのは中性的で物憂い雰囲気の女性である。

「私、自然が苦手なんです」と鼻にかかったような色っぽい声でI夫人はいうのだった。夫婦二人暮らしでウサギを飼っている。

庭園の管理に積極的な人はいないようだ。管理人室には竹製の熊手や鉄製の剪定バサミ、アルミ製の脚立などが置かれている。必要なものはそろっていた。

人間たちの仕事を、猫はガラスの向こうから興味深げに見守っている。猫のために庭を掃除しているつもりはなかったが、結果的にそうなった。

落ち葉を熊手でかきあつめている時など、ふと見るとガラスの中で大きな目がぎらぎらと光っている。まばたきもせず、出たいと騒ぐこともなく、ただじっとみつめている。まるで「ボイオティアの山猫」のようだ。ギリシアのボイオティア地方に棲む大山猫は、あたかもレントゲン線のように、すべてを見透かしてしまう、鋭い視線の持ち主であるという。ミツは日本猫であり、「超感覚の透視力」もなかったはずだが、みつめることで人間が動くと信じているところはあった。

じっさいガラス戸はつねにそのようにしてひらかれた。はじめての外出は五月下旬のことだ。

ガラス戸がほそく開けられると、まず頭が出る。匂いをかいでいる。つぎに上半身からお尻まで出ていく。だが黒い長いしっぽはまだ室内に残っている。心の一部のようなものだろうか、上下にゆらゆらしている。その尻尾もついに出ていく。

青々とした芝の上をそろそろと歩き、蘚の絨毯のところまで行くと、その上にすわりこむ。こちらを向く。前足をやや開きぎみに坐っている。緑のなかで白い猫はよくめだつ。最初はすぐに帰ってきた。しばらくしてまた出ていく。

迷子になる心配はなさそうだった。最初の獲物が持ち帰られるまでに、それほど時間はかからなかった。

*

庭に面した半透明のくもりガラスを、新しいガラスに替えること。それは引っ越しにあたってなされたゆいいつのリフォームであり、せまい部屋をすこしでもひろく見せようという人間の、もっぱら人間のためになされた涙ぐましい努力にすぎなかったが、透明なガラスの出現は、外の世界に思いがけない変化をもたらすことになる。

「ドン！」と大きな音がして、駆けつけると、ガラスに翼の白い跡がべったりついている。ハトだろうか。無事飛んでいったようだが、脳震盪《のうしんとう》をおこしたのではないかと心配されるほど大きな音だった。

またあるときは「パタン、パタン、パタン」とリズミカルな音がする。レコードの針がくりかえし飛んでいるような音だ。ぼんやりとそんなことを思いつつキッチンにいた。

レコードの針ではなく、うっかり室内に入ってしまったスズメが外に出ようとして、ガラスにぶつかっている音だった。パタン、パタン。おかしいな、空が見えているのに、向うに行けない、なぜだ、なぜだ、と体当たりしている。人間に気づくと、ますますパニックになり、手あたりしだいにぶちあたろうとする。人間のほうも必死だ。ガラス戸を全開にし、半分をカーテンで隠すと、ようやく出口をみつけて飛んでいった。

あそこには近づかないほうがいい。「魔の領域だよ。」うわさがひろまったのかどうか、その後はめったにぶつかることはなくなった。だが気になるのだろうか、ふと気づくと、高いエノキの木陰あたりからこちらを見おろしている鳥の気配を感じることがよくあった。

やはり引っ越したばかりの頃、庭の中央に黒い石が置かれている。あんなところに石があったかと思っていると、石がゆっくりと動きだし、ぎょっとした。大地主のような蝦蟇《がま》が、目をしばたかせている。蝦蟇とみつめあう。ゆっくりときびすを返すと、どこかへ去っていった。塀の向こうとこちら側のあいだに秘密の抜け道でもあるのだろうか。

蔦《つた》におおわれた白灰色のブロック塀の向こうには、隣接するD社の社宅群とのあいだに雑木林がひろがっている。ときおり越境してくる生き物たちにとって、こつぜんと現れた透明なガラスの家は得体のしれない存在だったかもしれない。

その点、猫たちには最初からガラスが見えていた。のみならず、ガラスの役割も理解していたように思われる。空気のように透明だが、固くつめたい物質であること。内と外のあいだに立っていることもよくわかっていた。というのも、猫たちがガラスにぶつかることは一度もなかったからである。

のちのことだが、ハクビシンに追いかけられたトビーが、すさまじい形相で家へ走りこんでくるときも、十センチのすきまから見事にシュートした。チッ、というハクビシンの舌打ちがきこえるようだ。あきらめて去っていくハクビシン。内と外の境界に立つガラスは偉大な存在である。そのあいだを行き来することができたのは猫たちだけだった。

＊

仔猫のときは目も鼻も豆粒のようで体のバランスもどこかヘンなぬいぐるみのようだったミツが、野に放たれてからというもの、急に猫らしくなってきたことには気づいていた。成猫になると同時に、顔が変わったようだ。

久我山のアパート時代には小さな丸いボタンのようだった目が大きなアーモンド型になり、ぴんと三角に立った耳と目と鼻が対角線上にならんでいるせいか野生的に見える。背骨と胸がまるみを帯びてきたため、背中の黒いイグアノドンの模様がますますくっきりとめだつようになってきた。山椒の木の下の羊歯の茂みの中から、イグアノドンを背負った猫がこちらをみつめる姿には迫力がある。

「『山猫』のクラウディア・カルディナーレみたいだね。」

夫の友人で京都の人が泊まった翌朝にそう言った。ヴィスコンティの映画はあまり観たことがない。イタリア没落貴族の物語という。

近所に住む絵本雑誌の編集者はそれほど猫に関心がないようだったが、室内に入るや、「目が合った」と大騒ぎしている。相手の目をじっとみつめるのは、猫の世界では礼儀に反するようだが、人間には効果的だったのだろう。

やはり近所に住むダンサーで猫好きのS子さんはフローリングの上で猫になり、「ピンクのゼリーみたいな鼻なのね」と会話しはじめた。しなやかな手足と背のカーヴが美しい。ミツはすっかりうちとけた様子である。ネズミを獲ってくるという話もしたが、「そうですか、ミツちゃんはネズミを獲ってきますか。えらいですねえ」と頭をなでられて目を細めている。まさに猫かぶりである。

来客が猫をほめるのは社交辞令のようなものだと思っていた。そんな飼い主の古い常識が打ちくだかれたのは、幻想画家と帽子作家夫妻を迎えた日のことだ。彼らの猫好きは有名である。とはいえ、迎えるにあたって、二人とも少々緊張していた。ところがかんじんのミツは外へ行ったきり帰ってこない。

桃の花は散りはじめ、薛のじゅうたんをピンク色に彩っている。塀の向こうに一本だけ立つ山桜の楚々《そそ》とした白い花びらも風に吹かれて舞いおちてくる。そのとき、花びらの舞う中、ゆっくりとこちらへ向う猫の姿があった。あたかも花道の向こうからやってくる猫娘を迎える形となる。帽子作家夫人が叫び声をあげた。洗練をきわめた帽子作家が、野良育ちのミツをなぜあれほど褒《ほ》めたたえたのか。

その後ふたたび窓辺に立ち、ミツは外を見ている。黒い尻尾がぴんと垂直に立っているのはアンテナのようだが、うしろから見ると黒いミニスカートの下がまる見えだ。そんな失礼な猫に対しても、幻想画家は一言、「美しいお尻!」と感嘆したのだった。

庭に面した部屋はフローリングの床に籐《とう》製のソファーと低い丸テーブルとフロアスタンドを置くともういっぱいだったが、庭との一体感がめずらしがられたのだろうか、人がよく集まった。多いときは十人以上の人々が膝をつきあわせることもあったが、そのような場においてもミツは動じることなく、むしろ注目されるのが喜ばしいことであるかのように人々のあいだを行き来している。社交的であり、かつ狩りが得意なミツは、古き良きイエネコだったと言えるかもしれない。

もっとも、ネズミは二度だけだった。どちらも引っ越してまもない頃のことである。二度目はウエスタンブーツの中に入っていた。猫に追われて必死で逃げこんだのだろう。古着屋で購入したワイン色のショートブーツはかなり気にいっていたのだが。

庭の片隅に葬りながら、この先これがずっとつづくのかと暗澹《あんたん》たる思いにかられた。しかしどういうわけか、ネズミはその後、ぱったりと姿を見せなくなる。一族そろって別天地へ引っ越したのだろうか。住人たちに感謝されることこそなかったものの、ミツの目の黒いうちは平和が保たれていたことは確かだ。というのも、ミツ亡きあと、庭はふたたび無法地帯と化したからだった。いなくなってはじめて、女王のみごとな統治があきらかになる。

＊

『ネコの世界』（今泉吉典・今泉吉晴著）によると、ネズミの聴覚は五万ヘルツほどであり、人間には聴こえない超音波で通信し合っている。そのネズミに対し、猫は倍近くの一〇万ヘルツほどの超音波を聞き分けることができるという。ちなみに犬は六万ヘルツ。人間は二万ヘルツほどだ。猫の聴力は突出している。

ヒトの五倍もの聴力とはどのようなものか。たとえば深夜、膝の上で丸くなっていたミツが急にむくりと起きあがり、出ていく。どうしたのかと思っていると、ほどなくして戻ってきた猫が奇妙なものをくわえている。

「わー！　モグラだ！」深夜に叫び声が響きわたる。「モグラだ！　生きてるよ、どうしよう！」。隣室ですでに眠りこんでいた彼女は「モグラ」と聞いて、大道《だいどう》あやの『ねこのごんごん』を思いだす。仔猫のごんごんが「へんなねずみ」をとってくると、先住猫が「それはもぐらだ。そんなものはやくはなしてやれ」という。「もぐらをみただけで　せなかがむずむずかゆくなるよ。あれにさわるとダニがつくんだ。」

絵本のなかでもめったに見かける生き物ではない。とっさに「塀の向こうに投げたら?」と提案することしかできなかった。塀の向こうならば、追手を逃れられるのではないか。ともかく一刻も早く外へ出すことだ。

モグラは塀の向こうへヒューンと飛ばされる。土の中でぬくぬくしていた生き物が、うっかり顔をだしたために空を飛ぶはめになった。一期一会のモグラである。

こうしてさまざまな生き物が空を飛んだ。空飛ぶヤモリ。空飛ぶカエル。空飛ぶキジバト。キジバトは空を飛ぶが、パニックになると飛び方を忘れる。しかし空高く投げると、思いだしたように飛んでいく。

別のキジバトは家のなかへ追いこまれ、テレビのうしろへ身を隠した。当時のテレビは後方が出っ張っており、その下にすきまが生じる。そこへ逃げこむとは頭のいいキジバトである。両手でかかえると目をパチパチとしばたかせ、「コ」と鳴いた。もう飛べないかもしれない。そう思ったが、桃の木の枝の上に置いておくと、いつのまにかいなくなっていた。

こうして人間が介入することで、奇跡的に救われる生き物も多かったが、犠牲者も少なからず存在した。ある午後、ミツが庭の中央で踊り狂っている。小鳥をボールがわりにして遊んでいるのだ。目をギラギラさせた猫が獲物を高く放り投げては落とすことを熱心にくりかえしている。とても正視することができない。

猫の狩猟本能とは何なのか。人知れず悩んだ。当時すでに多くの猫の本が出ていたが、猫の生態を解き明かそうとする本は意外にすくない。そのなかで先の動物学者父子による『ネコの世界』は初心者にもわかりやすく、猫の目線で書かれていることにも好感を持つことができた。何よりもここには猫の狩猟について、注目すべき見解が述べられている。

優美でしなやかな体。目、耳、触毛（ヒゲ）をはじめとする優れた感覚器。鋭い犬歯。鞘《さや》から自由に出し入れすることができる鋭いかぎ爪。よくしなうスプリングのような背骨。著者によれば、これらはネコ類が長い歴史のなかで進化させてきたものであり、「自然がつくった最高の芸術」であるという。

ネコの狩りはとかく非難されがちだが、「ネコの狩猟について語ることは、ネコの形態・骨格、歴史、家畜化、社会、行動、生長などすべてについて語ることに等しい。」

猫の身体がもしも単なる道具であるならば、なぜネズミを捕らない猫が存在するのか。冒頭の問いからして、なるほどと考えさせられる。

猫の狩りを「芸術」としてみつめなおすこと。それは現実には困難なことかもしれないが、「芸術」でないとすれば何なのか。猫を「殺しのプロ」という人もいるが、猫が進化しつづけてきたのは、ほかの生物を殺すためなのか。生物はたがいを殺しあうために生きているのだろうか。そのような弱肉強食の世界では、たちまち種が絶えてしまうだろう。猫がネズミを獲るのを残酷だと人は非難する。その人間は残酷でないといえるのだろうか……。

こうして猫の狩りについて考えることは、同じ哺乳類である人間について考えることにもつながっていく。もとより猫の飼い主に大問題がわかるはずもない。猫の狩りとは何なのか。ミツの時代に答えはみつからなかった。

だがその後、生物学に関する本のなかで、ひとつのヒントになるような考え方に出会う。

エストニア生まれの生物学者ヤーコプ・フォン・ユクスキュルによると、すべての生き物は目に見えないシャボン玉をもっている。みずから知覚し、他者に作用する世界。それぞれのシャボン玉によって形づくられる世界。それをユクスキュルは「環世界」という美しい言葉でいいあらわした。

ダニ、キリギリス、ミミズ、ハエ、ミツバチ。彼が観察する生き物は小さなものたちばかりである。だが小さな生き物たちのミクロコスモスをとおして、この生物学者がみつめていたのは、神秘的な生命そのものだった。そのような大きな問題が、ダニやハエといった微細な、ふだん注目されることのすくない生物をとおして深く思考されている。

ダニやハエに「主観」があるというのは、絵本や児童文学においてはおなじみの世界である。だがそのことを生物学の世界においてはじめて唱えたのが、ユクスキュルだった。彼の「シャボン玉説」が二十世紀初頭の西欧に受けいれられなかったのも不思議ではない。だが「シャボン玉説」はまさにそのような人間中心主義の世界から生まれてきたのだった。『生物から見た世界』がドイツで刊行されたのは一九三四年、ナチス政権が樹立した翌年のことだ。

人間は目的と利益のために行動する。それゆえ他の生物たちもそうであると思いこみがちである。クモの巣はなぜみごとなレースで編まれているのか。鳥の巣はなぜ丸い形をしているのか。猫はなぜネズミを獲るのか……。そうした自然界の神秘についても、生殖のため、サバイバルのためといった目的意識で考えることが多い。いわゆる「生物機械説」というやつだ。しかし、とユクスキュルはいう。知覚と作用を部品のように結びつけようとする生物機械説の信者たちは、結局のところ、「人間をも機械化するにおよんでいる」と。

シャボン玉は真に主観的なものであるからこそ、ほかと摩擦することもなく接しあっている。「主観から独立した空間というものはけっしてない。」「それにもかかわらず、すべてを包括する世界空間というフィクションにこだわるとすれば、それはただこの言い古された喩え話を使ったほうが互いに話が通じやすいからにほかならない」(『生物から見た世界』日高敏隆・羽田節子訳)。

目に見えないシャボン玉が存在するからこそ、全体でひとつの世界を形づくっているのであり、決してその逆ではないのだ。これは全体主義に対する強烈な批判でもあった。

一九三四年にベルリンで刊行された本には「見えない世界の絵本」という副題が付されている。ゲオルク・クリサートによる美しい細密画は「見えない世界」を「見えるように」描きだすことで、シャボン玉の実在をよりくっきりと知らしめている。すべての生命はそれぞれの場所でしかるべき芸術的生命をいとなんでいる。ユクスキュルの言葉はたびたび思いだされることになるだろう。

＊

あるときからミツは庭に坐っていることが多くなった。

桃の木の下あたり、庭のまんなかで、アパート全体に向きあうようにして坐っている。何をしているのか。上からときおりマグロの刺身がふってくることもあったが、それを待っているわけでもなさそうだ。

猫の耳がひらひらしている。風がそよぎ、ザワザワ、ザワザワ、木々の葉がゆれるたび、白い耳がひらひらする。ヒヨドリたちがけたたましく鳴き交わす声。通りすぎていくサイレンの音。Mさんの部屋から聴こえてくるベートーベン交響曲……。庭にいるとさまざまな音が聴こえてくる。夏の終わりのスズムシのリーリーリーリー。セミの合唱のあいまに響きわたる、ヒグラシのカナカナ

カナカナ……。大通りのバスや車の音も、遠い小川のせせらぎのようだ。猫の耳は左右それぞれ一八〇度回転し、周囲の音をレーダーのように聞き分けることができる。枯れ葉の舞い落ちる音。トカゲの走り去る音。人間には聴こえない音も。

チベットの聖者ミラレパは森羅万象あらゆる音を聴きとることができたという。山の中の孤独な瞑想生活のなかでも、つねに大地と空に耳を傾け、あらゆる音の交響曲を愉しんでいたと伝えられる。

ミツは解脱したわけではなかっただろうが、狩りをしなくなったあと、さまざまな音をとおして世界を把握していたのかもしれない。

その日も落ち葉を熊手でかき集めていると、いつのまにかそばに坐っていた。木々はすっかり葉を落とし、裸の芯だけがくっきりとしたシルエットを薄闇にうかびあがらせている。木々のあいだから社宅の灯りがぽつぽつ見える。あたりはしんとして、人間の耳には何も聴こえない。だがミツはいつまでも耳をひらひらさせているのだった。

ミツは『ミツ』のように失踪することはなかった。帰ってこないと心配したが、かならず帰ってくる。外泊はしない。猫は死期を悟ると、どこかへ消えるという伝説があるが、そんなこともなかった。人間を愛した猫は、人間に見守られて旅立った。

ミツの死は誰にも知らせなかった。にもかかわらず、弔問客が次々に訪れたのは不思議なことである。

最初の七日間、庭はしずまりかえっていた。女王の死を悼んでいるのだろうか。そう思われるほどに無音の世界が不在をきわだたせている。

最初にやってきたのは鳥たちだ。いつも猫がその下に坐っていた桃の木の枝の上に、一羽のキジバトがとまっている。白梅の枝の上にも二羽。つがいだろうか。それまで庭の木に鳥がとまっているのは見たことがなかったので、おやと思っていると、桃の木のキジバトが舞いおりて、つくばいで水を飲んだ。

どっしりとした楕円《だえん》形のつくばいは、陶芸家の母がまだ若かった頃、京都の山の穴窯で焼いてくれたものだ。四十八歳で寡婦になった彼女は、五十歳で本格的に陶芸をはじめた。小さな体で大きなものをつくる。つくばいは深さ二十センチ近くあり、ちょっとした池のようだ。最初のうちこそ、そこには蓮《はす》の花が咲くこともあり、メダカが泳ぐこともあったが、いつからかもっぱらミツ専用の水飲み場と化していた。家のなかにも水が用意されているにもかかわらず、外で飲む。そのため二日に一度は水を取り替えなくてはならない。だがそこへ鳥がやってきたことはなかった。

キジバトは二口、三口、水を飲むと、すぐにバサバサと飛び立っていく。その直後、待っていたかのように、これもはじめて見るうぐいす餅のようなメジロが二羽。やはり水を飲むと、水の中へ飛びこみ、大胆に水浴をはじめる。次にやってきたシジュウカラは、地面の上をぴょんぴょん跳ねながら、何かをついばんだり、白梅の木をツッツと駆けあがり、寒椿の赤い花をついたり、せわしなく動きまわっている。そして水浴びをしつこいほどにくりかえす。

鳥たちのお目当てはどうやらつくばいの水であるらしい。木の下の小さな池のことは、かねてより気になっていた。しかし猫がいる。来たくても来ることができなかった、その封印がついに解かれたかのようだ。

とりわけシジュウカラは喜びを隠しきれないといった様子で、頭から水に潜り、木の上で身づくろいをすることを飽きもせずにくりかえしている。

黒と白のツートンカラーがおしゃれな小鳥は低いところを飛ぶせいか、何度か女王の餌食になっていた。そのシジュウカラが今、つくばいの水をくぐり、梅の木の下から上へとすべるように行き来を繰り返している。ミツの存命中にはありえない光景だった。

鳥がさらなる鳥を呼ぶのだろうか、尾の青い大きなオナガのつがいまでやってくる。この十年、ここへ引っ越してきてからというもの、ついぞ見かけることのなかった鳥たちである。彼らはあきらかに女王の不在を知っている。この庭に君臨していた一匹の猫がいなくなったこと。それも一時的な現象ではなく、地上から永遠に姿を消したことを知っているように思われた。

真冬の祝祭は五分ほどで終わりを告げる。あっというまだったが、鳥たちにとっては短くないひとときだったかもしれない。猫が去り、鳥たちがやってきた。鮮やかな交代劇だった。

金星と三日月がトルコの国旗のように並んでいる。

いつのまにか地面に生え広がった黒いリュウノヒゲに青いラピスラズリのようなつやつやした小さな実がなり、ぴかりぴかり光っている。闇のなかで光る青い実は猫の目のようだ。

玄関のベルが鳴り、ドアをあけると隣の人工芝の家の奥さんが立っている。

大きな花束を抱えている。「いつも窓をあけると、来てくれて……」というなり、涙声になった。「いつも撫でさせてくれて……癒されていました。もういないと思うと、さびしくてさびしくて……。」

鼻にかかったような色っぽい声で言いながら、目を真っ赤にしている。

クールなI夫人が、ミツの弔問に訪れた。事態を把握するのに数秒かかった。「自然が苦手」なIさん。ヤモリ一匹、カマキリ一匹にもいちいち反応するI夫人が。いつも窓をあけるとミツが遊びに行っていた？　家の中にもお邪魔していたのだろうか。そこまで聞くことはできなかった。しきりに目を赤くしているので、こちらもつられてくる。

「猫さんのお仏壇に……。」千葉の実家で摘んできたという花束から、野生の花の香りがむっと匂いたつ。白いストック。黄とオレンジのマリーゴールド。濃い紫とピンクの薊《あざみ》。葉の部分が大きく青々としている。たっぷりとした葉に守られた花々は元気よく、花瓶に入れるとたちまち水を吸った。

ほかにもいくつかの花束が届けられた。アパートの理事長は「猫ちゃんに。」と一言だけそえて目をみつめ、深くうなずいた。敏腕女社長と噂される彼女とはほとんど会話をかわしたことがない。だが機能的かつ有機的な理事会には男たちも口出しすることができない、そのことを小気味良く思っていた。まさかその理事長がミツに花束を届けてくれるとは。ひょっとするとマグロの刺身をときおり投げていたのは彼女だったのだろうか。

ダンサーのS子さんからも電話がかかってくる。「庭に柚子の実が三つ落ちていたので、ひょっとしてミツに何かあったんじゃないかと……。」

シャーマンのような彼女ならではの言葉に、胸がつまりそうになる。S子さんの家に柚子の木はない。柚子の実がたくさんなると、届けに行ったことはあるが——。

不思議なことはつづく。ミツとおなじ白黒のブチで二倍以上も大きな猫が、なぜか二晩つづけてやってきたのである。その巨大さは闇のなかの白い牛のようだ。思わず話しかけると、猫は安心したように、鈴をチリチリ鳴らしながら去っていく。ウシネコと名づけたが、その後は姿を見せなかった。

猫の自治が存在するというのはほんとうなのか。ウシネコは会長のような存在か。考えてもわからないことが多い。

クリスマスが近づいていた。うすいピンクのスイートピーやデンファレ。白いレースフラワー。ラナンキュラス。アルストロメリア。千葉のストックは水を吸いつづける。ミツが好きだったカスミ草もふんだんに供えられている。猫はなぜカスミ草を食べるのか。白い小さな花がちりばめられた春霞のようなカスミ草はもっぱら脇役を演じているが、よく見ると美しい花だと思う。カスミ草の向こうに猫の顔が見える。町の花と野生の花。祭壇は花の香りでいっぱいだ。これほど華やかな祭壇はもう見ることがないだろう。

＊

『ミツ』が刊行された頃、十三歳のバルテュスは中国の荘子に深い感銘をうけ、いくつかのデッサンを描いている。

道教の始祖のひとりである荘子は、妻が死んだとき、素焼きの盆《かめ》を鼓《たた》いて、拍子を取りながら歌った。それを見て、訪ねてきた恵子《けいし》は驚く。服喪をこのようにあらわしてよいのだろうか。すると荘子は言う。最初は妻の死を悲しく思った。しかし生命のはじまりなどというものはなかったことを考えた。

「とらえどころのない状態だったところに、突如として変化が起き、気が姿を現したのだ。気が変化して形が生まれ、形が変化して生命が生まれ、いままた変化して死へ向かうのだ。このように互いに循環して、四季のめぐりのように移りいくのだ。その人がいまや天地という巨《おお》きな部屋で安らかに寝《ねむ》ろうとしているのに、私が大声をあげて追いかけ泣きわめいたならば、それこそ運命のなんたるかを知らないのだ、と考えて、そうするのをやめたのだよ。」(『荘子』「至楽篇」中嶋隆蔵訳)

荘子はもとより、少年画家のデッサンはすばらしい。猫たちはつねにあっぱれだ。ただ、古アパートの飼い主がだめだった。はじめての猫の死は、そのことを把握するのに時間がかかった。動物病院に通ってはいたが、まさか死ぬとは思わなかった。

「十三歳? 寿命じゃないか。」「外に出してると長生きできないのよ。」

慰めの言葉にも落ちこむばかりだ。

「短くも、太い一生でしたね。」動物霊園の人はさすがにプロである。しかも本心からそう言っていることがわかる。

新しくなる前の動物霊園は土の匂いがして、冥界とつながっているようだった。ろうそくの火がゆらめく一室で、男は言った。

「お釈迦様が、両手をあわせて合掌しています。仏様のかたちをしているので、喉仏《のどぼとけ》といいます。」「猫も人も、おなじ仏様がからだの中にいるのですね。」

動物の喉仏はみな同じ形をしているのだろうか。形はともかく「おなじ仏様」が宿っているにはちがいない。そう思うと、安らかな気持ちになる。

猫の寿命は人と同じく、とくに決まっているわけではない。さまざまな環境によって異なるのも同じだ。時代とともに寿命は延びている。二〇〇〇年代の十三歳は長生きかもしれないが、今では二十歳以上の長命猫たちもめずらしくない。人と猫はともに生きているのだ。ただ、時間の速度がちがう。人間にもそれぞれの速度があるのだから、人と猫の時間が異なるのは当然だろう。ミツの飼い主はそのことを失念していた。

「人間がかつて猫たちと時間を同じくしたことがあったろうか?――私にはそうとはなかなか思えない。」(『ミツ バルテュスによる四十枚の絵』阿部良雄訳)

詩人リルケの言葉が今さらのように胸にしみる。十一ページにもわたる長い序文を、じつはきちんと読んだことがなかった。少年画家のみずみずしい水墨画に「言葉」は必要だろうか。そう思っていたこともある。

だがミツ亡きあと、たまたま必要にかられて再読した際、啞然とした。

「誰が猫たちを識っているだろう？――たとえば、あなたが彼らを識っているつもりだなどと、そんなことがあり得ようか？」

この独得のもってまわった言い回し、迷路のような文章の中に、それをほんとうに必要とする読者のための水路が隠されていた。それはこういうことだ。人間と猫たちのあいだには決して超えることのできない境界がある。人間のすぐそばにいながらも、猫たちは決して一線を越えることがない。人間は猫を所有することができない。ということは、それを喪うこともできないということなのだ――。ユーモアのランプを掲げながら、詩人は闇を光に変えようとする。所有することも喪うこともできない存在。だからこそ、それが見えなくなったとき、はじめて見えてくるものがあるという。

「きみだってそれを感じていたね、バルテュス。もうミツの姿が見えなくなってから、きみは彼をもっとたくさん見るようになった。」

当時、ペットロスという言葉はまだ一般的ではなかった。猫の死がこれほどこたえるのは、どうかしているのではないか。そんなことも思われていた時に読んだ本のなかでももう一冊、心に残っているのが『なぜ、猫とつきあうのか』

（吉本隆明著）である。未知の著者だが、表紙の中央で堂々と寝ているキジトラの線画に心ひかれた。二人の編集者が六年間にわたり、ひたすら「猫」についてインタビューしつづけたというのも何か尋常ではない感じがする。

猫の話がいつのまにか人の話になり、二つの世界を行ったり来たりする。まじめな質問に対する受け答えが、一見のらりくらりしているようで、相手が質問を忘れかけた頃ふいに戻ってくるのも、猫のようだ。

猫の死について、著者は述べている。「人間の死っていうのと動物の死っていうのと、一般論としてどっちが悲しいんだというような設問の仕方は、もともと成り立たないんじゃないかとおもったりしてね。要するに、より親しい生き物の死の方が切実だっていうことです。」

ペットが死んだから悲しいのではなく、死そのものが悲しいのである。人間と同じように生活しているペットが、死にさいしては動物本来の姿に還る。死そのものを、あっけらかんと見せてくれることで、人は死そのものと裸で向きあうことになるのだろう。

子どもの頃から猫とつきあってきた著者は、これまでにおびただしい猫の死と向きあってきた。三途の川の渡し守のように死と生のあいだを行き来してきた、その人のからだをくぐりぬけて出てくる、ひょうひょうとした言葉に支えられる。死は終わりではない。『青い鳥』のメーテルリンクも書いていた。
「要するに、われわれの誕生に先行する無限が、死後にも存続するにちがいない意識の中にその跡をとどめていないのは、不可解なことなのである。」「死をまだ解明されていない未知の生の一形態と見なし、誕生を見る目と同じ目で見られるようになろうではないか。」(『死後の存続』山崎剛訳)
たしかに終わったようには見えなかった。力強い飛翔だ。ミツがいなくなったあと、待っていたかのように鳥たちがやってきた。それが何よりの証拠ではないか。鳥たちが運んできたのだろう、見たことのない植物がにょきにょきと育ちはじめる。アケビ。ヤマゴボウ。サヤエンドウ。
桃の実がふくらみ、爽やかな甘い果実をかつてなくたわわに実らせる。それまで隠れていた生き物たちが顔を出しはじめる。庭と自然の境界があいまいになってくる。右往左往する人間を笑うかのように、植物たちは繁茂しつづける。新たな猫が登場するまで、庭はつかのま鳥の楽園と化していた。

Ⅲ　ベンガルの飛び猫

二〇一〇年の夏はながく、観測史上一位の暑さを記録した。九月になっても三十五度を超える日がつづく。九月一日より開催された井上洋介の木版画展では灼熱色の夕日を浴びた「少女電車」がゆらりとした風景のなかを走っている。巨大な少女。巨大な蟬《せみ》。戦後の焼野原を原点とするノスタルジックな幻灯に、いつにもましてすごみが感じられる。真夏の蜃気楼《しんきろう》。八十歳の画家は白い麻の上下に白い帽子をかぶり、涼しい顔をしていた。

私は日本の絵本に対する自分なりの思いをせめてことばにすることでひとつの区切りにしようと、十四人の世界が十四のルーツでもあるような美しい怪物を夢みていたが、いざ本になると予想以上のボリュームである。怪物は現実に十四人の巨匠たちにほかならず、奇妙な熱気にみちた日々が過ぎていく。

新宿梁山泊の公演「ベンガルの虎《とら》」（唐十郎・作）を観たのも、十四人の一人である宇野亞喜良が美術と宣伝美術を担当していたからだった。金守珍《キムスジン》演出の舞台は何度か観たことがあるが、花園神社のテント公演はひさしぶりだ。

六月のことで小雨がふっている。終わったあと数名でゴールデン街へ向い、路地裏のナンバーワンホストこと目のきらきらした大きな美しいトラ猫に会う。「お多幸」でおでんを食べ、ひさしぶりにバー・マルスへ寄って帰ったのが十二時過ぎのことだ。一時ごろ就寝したが、容易に眠りにつくことができない。「ベンガルの虎」の原作である『ビルマの竪琴』は子どもの頃に読んだ数少ない児童文学のひとつだった。終戦前後のビルマを舞台にした物語が子どものために書かれたのも思えば不思議なことだが、決死の日本軍のなかに歌の好きなユニークな部隊があり、楽器作りの名人がいる。彼――水島上等兵の琵琶《びわ》のふしぎな音色には敵も味方もうっとりせずにいられない。

悲惨な現実にもまして、南国のあかるさや不思議な風景、そのなかに響きわたるミステリアスな音色が子ども心に印象的だった。そうそう、伝書鳩のようなオウムも登場するのだ。「水島、一緒に、日本へ、帰ろう！」……懐かしい

『ビルマの竪琴』が思いがけず舞台によみがえったこと。生と死、海の彼方と日常を行き来する流離人《さすらいびと》たち……。さまざまな思いが波のように打ち寄せてくる。それでもようやく眠りについたのが二時すぎだろうか。しばらくして、夢うつつに猫の鳴き声が聞こえたような気がした。

時計を見ると三時すぎだ。小雨がふっている。耳をすませたが、ほそくあけた窓から聴こえるのは雨音だけだ。夢だったのかもしれない。

翌日は雑務に追われて一日が過ぎる。夜十時頃からようやく長新太の『人間物語』の書評を書く。午前中にこころみたが、できなかった。『人間物語』は見開き完結の十五コマ漫画である。巻頭にメモのような手書きの文章がある。

「前略　この漫画は思いあがった人間が、生きものや、自然からチクチクと毎回しっぺ返しをうける物語です。どうぞヨロシクおねがいします。長。」

腹黒い男がタコのように「ビューッ」と墨を吐いているうちに、世界が真っ黒に塗りつぶされてしまう話。体の一部がチェーンソーになり、木や山を切りきざんでいるうちに怪物と化していく人間の話……。八〇年代の作品とは思えない。深夜にメールで原稿を送ったあと、すぐに眠ることができなかった。

二時か三時か、ようやく眠りについたころ、またもや猫の鳴き声が聞こえてくる。「アーンアーンアーンアーンアーン……」夢ではない。今夜ははっきり聞こえる。気のせいか昨夜よりも近い。「アーンアーンアーン……」

何かをうったえかけてくるような声。仔猫だろうか。耳を澄ますうち、雨音にかき消されるようにして聞こえなくなった。

朝になり、庭に出てみたが、異変はない。「今朝、遠くのほうで猫が鳴いてなかった？」と聞いてみたが、「猫の声？　ぜんぜん気づかなかった」という。それきり何事もなければ忘れてしまっただろう。ところがその夜はサッカーワールドカップ・南アフリカ大会第三戦、デンマーク相手に本田圭佑選手らがゴールを決めて三対一でみごと決勝トーナメント進出を決める。一時は予選敗退がうわさされていただけに、決死の一戦に力が入った。

連日睡眠不足である。浅い眠りのなかで、やはり猫の声が聞こえてくる。「アーンアーンアーン……」これで三日連続、夜明け近くというのも怪談のようだ。さすがに三日目ともなると、こちらの意識も明晰《めいせき》になっている。しかも声は少しずつこちらへ向っているようだ。今やすぐそばまで来ている。塀の向こうか、こちら側か。

ミツが死んで一年半。その間さまざまな猫たちが塀の上を通りすぎていったが、庭へ入ってくる猫はいなかった。今度の猫も通りすぎていくだろうか。

息をひそめていると、声はぴたりとやんだ。それきりしずまりかえっている。行ってしまったのだろうか。そう思う反面、なぜか近くにひそんでいるような気がした。

ついに起きだし、ガラス戸をあける。ガラガラガラ、思いのほか大きな音が深夜に響きわたる。その瞬間、黒いものがひゅっと飛んだ。庭と家のあいだにうずくまっている。

一瞬、目があった。耳が異様に大きい。台所へ引き返し、戸棚に残っていたペットフードの缶詰を皿にあける。だが外へ出ると、生き物の姿は消えていた。姿を見かけたあたりに皿を置いてみたが、朝になっても食べた形跡はない。その夜は鳴き声も聞こえなかった。だが去ったのではなかった。猫はそれからひと月近くも庭に潜伏する。


思いだすのは「ベンガルの虎」より十日前のことだ。梅雨の晴れ間だった。掃除機をかけていると、窓のそばのフローリングの床の上に小さな足跡がついている。キジバトだろうか。そう思ったのは、妙に人なつこいキジバトがしきりに家のなかへ入ろうとしていたからだ。猫のいない庭は鳥の楽園と化していたが、とりわけキジバトたちの滞在時間はながく、地面の芝の上で文字通り羽根をのばしている姿がよく見られた。

一羽のキジバトはめっぽう気が強く、いつも怪我をしている。びっこを引いているので、それとわかるのだ。首から血を流して庭にうずくまっていたこともある。鳥に詳しい義兄に電話すると、「無理にうごかすのはよくない、羽根がぬけて飛べなくなることもある、そっとしておいたほうがいい」という。

そのとおりにしておくと、少しずつ回復していくようだ。自然治癒力とはすごいものだと思う。それからというもの、びっこのキジバトは毎日のようにやってくるようになった。桃の木が指定席である。もうすっかり顔なじみだ。ガールフレンド（？）を連れてくることもある。

キジバトは山鳩とも呼ばれるように、山に暮らしていた野生の鳩が町におりてきたのであるらしい。『やまばと』（菊池日出夫）という美しい絵本もある。よく見かけるドバト（土鳩、堂鳩）は家畜のハトが野生化したというが、警戒心がつよい。なぜ野生のキジバトが人なつこく、家畜だったドバトの警戒心がつよいのかわからないのだが、ともかく庭へやってくるのはもっぱらキジバトだった。人が近づいてもまったく逃げないどころか、窓をあけていると、首を前後にふる動きがどうしても挨拶しているようにみえるユーモラスな身ぶりとともに中へ入ってこようとする。梅雨の晴れ間に小さな足跡をみつけたとき、そのキジバトかと思ったのだ。

しかしよく見ると鳥ではなく、猫のようだ。ミツがひさしぶりに帰ってきたのだろうか。非科学的なことを考えて、その場をやりすごした。つまり何も考えずに消してしまったのだが、あれはいったい何だったのか。

ガラス戸のすぐそばで踊っているような小さな足跡。それはやはり「ベンガルの虎」の夜の猫だったのではないか。とすると、三日三晩どころか、十日以上もさまよっていたことになる。その間いったい何を食べていたのか。狩りもせず、人間になじむことのできない仔猫がどうやって生きのびていたのだろう。

ふつうは来るか、通りすぎるか、どちらかのはずだが、そのどちらでもなく、内と外のあいだをさまよいつづける猫がいるとすれば、それこそまさに飛び猫トビーだった。

おそろしく用心深い猫である。最初はキツネかタヌキかと疑ったほどだ。草むらにひそみ、姿を見せない。そのくせ人が外に出ると、ザザッと動く気配がする。

この暑さでペットフードを庭に置くのもどうかと思ったが、アボカドの木の下の茂みに置いておくと、一時間後にはきれいになくなっている。アボカドは実こそならないものの、すくすくと伸びている。木の下にスノードロップの茂みがある、そのあたりに「おかわり」を置いて家のなかから様子をうかがう。変化はない。だがしばらくして行ってみると、やはり皿の中は空になっている。

何者かが庭にひそんでいるというのも落ちつかないものだ。実家への帰省も目前にせまっていた。飼い猫ならば、ミツのときにお世話になっていたペットシッターのみつ子さんにお願いするのだが、さすがに正体不明の生き物の世話をお願いするわけにもいくまい。

草むらに潜伏する猫はいつしか「横井さん」と呼ばれるようになった。「ベンガルの虎」の「水島さん」でもよかったのだが、「ベンガルの虎」のことはそのとき忘れていた。水島さんより横井さんのほうが有名だ。昭和の人ならたいてい知っている。終戦を知らないまま、グアム島の密林の奥に二十八年間も潜伏しつづけた元陸軍軍人のことだ。七〇年代に横井さんが帰国したときの人々の熱狂ぶりは、当時小学生だった私もかすかに覚えている。モノクロのテレビのなかで飛行機からおりてきた横井さんが手をふっている。頭のなかで作られたイメージかもしれないが、「横井さん」が小学生のあいだでもしばらくのあいだヒーローだったことは確かだ。グアムの横井さん。ビルマの水島さん。戦争が終わっても、赤道直下のジャングルの密林にひそんでいた人々。アパートの庭に身をひそめる猫は何者か。

小雨がふっている。蒸し暑さがましてくる。

物干し台の下に古い木箱を置いてみた。内と外のあいだの小さな家だ。入るだろうか。

「逃げない、そこにいる。」木箱のそばにちょんと坐り、首をかしげてこちらを見ている。食べ物を出すと、茂みに隠れた。が、すぐに戻ってくる。食べおわり、その場で身づくろいする。手をなめて顔を洗う。ひさしぶりに見る猫のポーズだ。そんな猫を桃の木の上からキジバトがみつめている。猫と鳥がしばしみつめあう。

猫は茶とグレーと白とコーヒー色が混ざりあった複雑な縞模様《しまもよう》をしている。目のまわりが白い。耳が大きい。顔の半分が耳といえるほどだ。写真を撮ろうとすると逃げた。

木箱の家には入らなかった。だがその隣のヒヤシンスの鉢のなかで丸くなっている。花のあと、土だけになった鉢のなかで首だけ外に出して寝ている。尻尾を追いかけて、鉢のなかでくるくる回転する。風で葉がゆれるとびっくりして、手でゆらす。

皿を持っていくと、「ヤ――」と甲高い声であいさつする。猫らしく「ニャー」と鳴かず、「ヤー」という。目があっても逃げなくなった。よく食べる。

翌日は激しい雷雨になった。すさまじい雷の音が鳴り響く。葉っぱがゆれただけでびっくりしていた猫はどこへ行ったのか。

あるときアボカドの木の下に置いた皿にまったく手がつけられていなかった。夏のことでもあり、片づけてしまった。夜七時ごろ帰ってくると、猫はずっと待っていたのか、姿を見るや「ニャ――」と「シャ――」が一体になったような奇妙な声を連発する。「ニャ――」「シャ――」あいさつと威嚇《いかく》。パウチのフードを出すと、一気に食べた。

それからは窓をあけると、そのつど顔を出す。家のなかにつねにいると思っていた人間が、いないこともあるとわかったらしい。「ヤ――」

「家のなかにごはんを置いたらどうか」と夫。なるほどと思い、窓の外の皿をさりげなく内側に移動する。この作戦にもしかし敵は簡単にひっかからなかった。内と外の境界には窓の木わくがある。幅十センチの木わくの上に用心深くたたずんでいる。国境からこっち、人間の世界とはそれほどおそろしいものだろうか。キジバトすらも簡単にのりこえてきたものだが。

ふと猫用の玩具があったことを思いだす。棒と糸の先にふわふわしたボール状のネズミがついている。本物志向のミツは見向きもしなかったものだが、この玩具には飛びついた。外から内へ。内から外へ。ふわふわネズミとともに、境界を行き来する。おもしろいほど反応する。もっと早く思いつけばよかったと思う。

ついに内側で食べる。すこしずつ皿を移動する。すこしずつ入ってくる。いったん境界を越えてしまうと、なんということもない、内と外はつながっているのだった。

近くに来ても「シャ――」を言わなくなる。だが食べ終えると庭へ帰っていく。このところホトトギスの群生の中にいることが多い。スノードロップからホトトギスへ。より家に近いほうへ。赤紫色の繊細な山百合の花を秋に咲かせるホトトギスは今、笹のような葉を青々と茂らせている。茎はほそく、下のほうに空洞ができる。涼しいのだろうか、のちにもときおり思いだしたようにそこへ入っていた。時鳥《ホトトギス》に似ていることからつけられたというが、鳥は見たことがない。ホトトギスの青葉のあいだから顔をのぞかせたところを初めて写真に撮る。密林の中からこちらをみつめるハシバミ色の目。

七月七日。ついに自分から家のなかへ入ってくる。人間が近づくと「シャ――」「トゥッ!」と鋭い音をたてるのがこわい。自分から入ってきて「シャ――」はないだろう。

キジバトがやってきて、つくばいで水を飲む。猫はその様子を見ている。その後、スズメが、そしてシジュウカラがやってきて、水浴びをはじめた。ミツならここでお尻を左右に振りはじめるところだ。いつ飛びかかるか。いざとなったら出ていくつもりでいたが、猫は動かない。ヒヤシンスの鉢の上で丸くなったまま、鳥たちを見ている。そのうちに眠ってしまった。

不穏な空気をはらみつつも、鳥と猫が共存している。ミツの時には考えられないことだった。

ある日帰ってくると、庭に面した部屋がティッシュペーパーの海と化している。箱のなかはからっぽだ。ゴミ箱が荒らされている。ほかに異変はないか。調べてみると、猫用トイレの砂がこんもりと盛りあがっている。ミツのあと、すぐに片づけることができず、そのままになっていた。もちろんきれいな砂であるが、猫トイレであることはわかったのだろう。

ひょっとすると、と思う。「ベンガルの虎」の夜の足跡の主は気づいたのではないか。猫の匂いはするが、猫は不在である。ここにしようと思ったかどうかわからないが、飛び跳ねて踊っているような足跡は何らかの「しるし」だったように思われてくる。人間の世界でちっぽけな仔猫がさまよう時、やはり同類を求めるのかもしれない。あれは下見だったのではないだろうか。

ポール・ギャリコの『猫語の教科書』第一章は「人間の家をのっとる方法」というのだった。「まだほんの子猫のとき、母を亡くすという不幸にあって、私は生後六週間で、この世にたったひとり放りだされてしまいました」と著猫《ちょしゃ》は回想する。「でも、そこで悲嘆にくれたわけではありません。だって私は頭もいいいし、顔だって悪くないし、気力にあふれ、自信もあったんですもの。……」（灰島かり訳）

仔猫は家をのっとりつつある。今や一日の半分ほどを家のなかで過ごしている。「横井さん」あらためトビーと名づけられる。飛び猫トビー。

「トビーが膝に乗ってきた。」ある日ケータイにメールが送られてきた。

大急ぎで帰ると、まだ膝の上にいる。人間を見ると逃げていた猫が、みずから膝の上に乗ってきた。私は写真を撮るのも忘れて、その光景に見入っていた。七月十日。謎の足跡から数えてひと月後のことだ。もう大丈夫だと思った。

＊

トビーはうしろ脚が長い。ウサギのようだ。ジャンプ力にすぐれている。高さ二メートルの本棚にも一気に跳びあがる。ミツは本棚の上にあがったことがない。庭のブロック塀の上に行くときは、専用の階段があった。トビーはその階段を知らない。一気にぴょーんと跳ぶ。ブロック塀に沿って並んでいるキンモクセイの木から木へ、ムササビのように飛び移っていく。庭で雑草をとっていると、周囲の草むらをザザッと駆けめぐる。ピューマのようだ。

そのころ雑誌の猫特集で絵本を担当することになり、猫を飼っているというと、写真を送ってくださいという。さっそく何点か送ってみた。木槿《むくげ》の木の中で白い花を頭につけたショットはとりわけ特徴的な一枚だったが、編集者から返ってきたのは「手長ザルみたいですね（笑）」という一言だけだった。

そういえばミツのことを可愛がってくれたS子さんにも「写真送ってちょうだい」といわれ、メールに添付して送ったが、なぜか無反応だったことを思いだす。ミツの時にはさまざまな言葉がよせられただけに、おや？と思ったものだ。トビーは猫らしい猫ではなかったのだろうか。

そのことはのちに猫特集の雑誌を見たときも、ひそかに思ったことである。雑誌の猫たちはみな室内で飼い主の愛につつまれ、みちたりた猫人生を送っているように見える。知性と神秘性と愛らしさをあわせもつ猫たち。だが内と外を行き来するトビーにしても、室内の喜びを知らないわけではなかった。

ソファーのクッションの上で、安心してぐっすり眠る喜び。ベッドのマットレスにシーツがかぶせられる瞬間、すかさずもぐりこみ、モグラのように移動していく楽しみ。あるいは外から猛ダッシュで家に駆けこみ、そのまま つきあたりの玄関までまっしぐらに走りぬけると、そこからまた庭へ向って疾走する。内と外がかつてないほど地続きになる。家のなかはもうひとつのジャングルだ。

本棚が向きあう廊下は深い谷底だった。そこから山頂へぴょーんと飛びあがり、柳田國男全集の山から山へ、シュッと飛び移っていく。もちろん本の山が崩れることはない。本を大事にしていたわけでもなかろうが、夫はミツよりも可愛がっていたほどだ。

肉球が固く、ウッドデッキを跳びはねると、タタン、タタン！ いい音がする。北米産レッドシダーの木は、土木関係の仕事をしている隣のIさんのところに出入りしていた若い衆のすすめによるものだったが、まさか楽器になるとは思わなかった。

コンクリートの水はけがわるく、長年悩まされていたが、こんなことならもっと早くウッドデッキにすればよかったと思う。タタン、トトトン！ 朝夕くりひろげられるレッドシダーの演奏。

ふしぎなのは狩りにそれほど積極的ではなかったことだ。獲ってくるものといえば、セミの抜け殻、カナブン。シジミの殻。小枝、小石などのオブジェである。それらをフローリングの床の上でころがして遊ぶ。

——ある夜、つかまえてきたセミの殻にはまだ中身が入っていた。土の中で七年、ようやく地上に出てきたとたん、猫につかまるとは不運なセミである。せめてもの償いにと、木槿の木の上にとまらせた。それが翌朝見ると、抜け殻になっている。ぶじ羽化したらしい。そのことを知ったときは、宇宙の神秘をかいまみるような思いがしたものだ。

家のなかに持ちこまれると、人間はそのつどパニックを起こす。だがそれらの生き物たちは、この世界に生きているのが人間だけではないことを告げる。

じっさい、猫たちがいなければ彼らの存在に気づくことはなかっただろう。羽化前夜のセミと過ごすこともなければ、レッドシダーの音高く、楽器を打ち鳴らすのが人間だけではないことを知ることもなかったはずだ。内と外を行き来する猫たちは、ふだん閉ざされている自然界と人間界をむすぶ秘密の通路だったのかもしれない。


ペットシッターのみつ子さんが来ると、「ウー」とうなり声をあげて背を丸めた。毛先が逆立ち、尻尾が太くなっている。まるで別猫《べつじん》だ。

「飛びかかってくる猫ちゃんもいますから。トビーちゃんはおとなしいほうですよ。」

プロのみつ子さんはそう言ってくれるが、引いているのはあきらかだ。ミツのときは「いつも楽しみです。こちらこそ癒されています」と言っていた人が。

トビーは相手によって、がらりと変わる。隣のIさんは苦手だが、一〇一号室のMさんが現れると、すかさず走ってくる。玄関で話しているあいだ、足元でずっとニャガニャガ鳴いている。

「なんて言っているのかしらね。」Mさんは苦笑する。

アパートには一人暮らしの女性が多かった。子どもはほとんどいない。子どもが来ると、庭へ避難する。塀の上から見ていることもある。

庭に面した部屋はときおり絵本クラブと化している。子どもの目の高さにさまざまな絵本がならべられている。

おとなしいけれどしっかりしたR子ちゃんは「さかさ絵本」に夢中である。上からも下からも読むことができる絵本を、くるくるひっくりかえし、ずっと見ている。「ねえ、見て。これおもしろいよ。」他の子にすすめるのだが、他の子がそれを好きとはかぎらない。

小学一年生のリンくんは数をかぞえるのがとくいだ。『はなをくんくん』は春になり、冬眠していた森の動物たちがめざめる。みずみずしい感覚にうったえる絵本だが、リンくんにとっては「数の絵本」だった。

穴から顔をのぞかせているクマが「一、二、三、四、五、六。」リスたちが、「一、二、三、四……十四！」世界は数でできている。

めがねをかけた小一の女の子Sちゃんは口のなかで何やらぶつぶつつぶやきながら複雑な物語を読んでいる。見ると、ディック・ブルーナの『うさこちゃんとうみ』である。大人が読むとシンプルな物語だが、S子ちゃんの頭のなかでは波乱万丈のファンタジーがくりひろげられているようだ。

S子ちゃんはまた、絵本をさかさまにして読んでいることもある。さかさ絵本ではない。やはりブルーナの絵本だった。子どもが絵本を読む姿は美しい。まるで人間がはじめて芸術に出会ったときのようだ。女店主はそれを見て感動している。ただそれだけの妙なクラブである。さまざまな事情でつづけることはできなかったが、つかのま彼らとともに過ごしたひとときは幸福な思い出だ。子どもたちはもう忘れているだろう。

「あ、ねこだ」色白のK君はトビーをみつけると、外へ出ようとする。猫は隠れる。

「ねこ、いないよ」「さっきいた」「いなくなった」

K君はねこの絵を描く。青いクレヨンで描く。子どもの描く線はおおらかで、ふしぎにどっしりとしている。あの傑作はもらっておくべきだった。アンディ・ウォーホルの猫の絵とおなじくらい素敵だったのに。ウォーホルは若い頃、ニューヨークのアパートでたくさんの猫たちと暮らしていた。『サムという名の25匹の猫と青い仔猫』という小さな画集には赤、ピンク、ブルー、青、オレンジ、色とりどりの猫たちが描かれている。彼らはそれぞれに個性的で顔もちがう。だが名前はみな「サム」というのだ。

「ねこって、いやされるよね。」

小学三年生のM子ちゃんがつぶやく。いやされる？　意味わかっているのだろうか。「ねこ、飼ってるの？」

「おねえちゃんが前、飼ってた。」

今はいないのか。それ以上聞くのもどうかと思っていると、
「あたしね、名札とか、隠されるほうなの。」されるに力をこめていう。隠すほうよりマシじゃない？　笑ってすまそうとしたが、「うん、でもね」という。「まじムカつく。あたし、うらむ、うらむよ。」顔に黒い斜線が入っている。

猫のいやしが思いがけない話題へ発展する。こんな小さな頃から「うらみ」や「いやし」を知っているとはたいへんなことだ。しかし私は教育者ではないので、何もいうことができない。絵本を読むことくらいしかできない。『あしたうちにねこがくるの』という絵本を読んだ。『まっくろけの　まよなかネコよ　おはいり』という絵本も読んだ。たまたま目についたものだが、こちらは愛と寛容について書かれた本である。

客が帰ると、やれやれというように、トビーも帰ってくる。そんなときはいつものように威勢よく駆けこんでくるのではなく、こっそりと忍び足で帰ってくる。「どこにいたの、みんな探してたんだよ。」そういうと、へへ、という顔をする。あかるいハシバミ色のくりくりした目は何かをたくらんでいるように

見える。

*

トビーとの生活は三年間つづいた。その間に首輪をいくつ失くしたことだろう。外に出るからには首輪をつけなくてはならない。当時はそのような固定観念にしばられていた。

はじめて首輪をつけようとしたとき、「ケ――」と鳴いて逃げようとしたことを思いだす。多彩な鳴き声を発する猫だったが、恐怖の「ケ――」は一度だけだ。ほかの猫たちは何の抵抗もなく、当然のようにつけていただけに、なぜだろうと不思議でならなかった。

白いやわらかな革ひもに金色の星がちりばめられた首輪は、ペットショップを二軒まわってようやく探し求めたものだったが、一週間の命だった。引っかかっても安全なように、強い圧がかかると自然にとれるようになっている。

水色や紅や蜂蜜色のガラス石で編まれたブレスレットをはめてみると、よくにあう。悦に入っていたのは飼い主だけで、一時間後には消えていた。庭じゅう探しまわったが、やはりみつからない。その後はもっぱら百円ショップのものを使用していたが、気づくと失われていることに変わりはなかった。「指輪物語」ならぬ「首輪物語」はその後の出来事を象徴しているように思われる。

トビーの首にはコーヒー色のチョーカーのような二重線がある。それが首輪のように見えなくもない。もう、しなくていいかと思うのだが、首輪がないと、とたんに野生に戻ってしまうような気がするのだ。


トビーは五月のある日、ふいにいなくなった。外からやってきたのだから、ふいにいなくなるのも不思議ではないのかもしれない。だが当時はやはりそう思うことができなかった。

さまざまなことが同時に起こっている。その前にポーの登場だ。順を追って話さなくてはならない。

三代目ポーがやってきた日のことはよく覚えている。夕方、銀座の村越画廊で「猫の一年」と題する金井久美子展を見た。といっても覚えているのは、一枚のテンペラ画のことだけだ。よほど印象がつよかったのだろう。

熱帯のジャングルのような森のなかにウサギやフクロウ、カメなどさまざまな生き物たちが一匹ずつひそんでいる。彼らはたがいの存在を知っているようでもあり、知らないようでもある。異なる生き物たちが、あっけらかんと共存している。鮮やかな生命のタピスリー。どこまでも明るく、不思議なしずけさに心ひかれた。タイトルは《百年の孤独》という。

ともかく「猫の一年」から帰ると、トビーのお皿に顔をうずめている猫がいたのである。その様子をトビーは少しはなれたところから見ている。前足をきっちりそろえて、とほうにくれたような、少しわくわくしたような様子で。

猫はガリガリに痩せていた。しかも胴体にロープを巻きつけている。

声をかけても、近づいても、食べるのをやめない。よほど腹が減っているのか、とりつかれたように食べている。指でそっとふれてみたが、かまわず食べているので、とりあえずロープのひもをハサミで切る。三か所ほど切ると、ぱらりと取れた。ほっとするのと猫が食べ終わるのが同時だったと思う。

身づくろいもせず、出ていくのかと思いきや、入ってきた部屋と反対の和室へ駆けこみ、押し入れのなかへ逃げこんだ。まるで我が家の間取りを熟知しているかのような、迷いのない行動だった。

押し入れの中を覗くと、暗闇のなかで二つの目がピカピカと光っている。「寄るな」と言っているようだ。とりあえずそのままにしておいたが、トビーは気になるらしく、何度も見に行っては、そのつど激しく追い返されている。

我が家は猫の駆け込み寺ではなかったが、あまりにもすさまじい姿に圧倒され、そのままにしておくほかなかった。真冬のことでもある。思えばあの夜が生死の分かれ目だったかもしれない。現代風のクローゼットではなく、和室の押し入れであることも猫には幸いしたのだろう。下段には使用されない座布団セットが積み重ねられている。猫はその上に籠城《ろうじょう》した。食事とトイレの時だけ出てくる。

一週間ほどたち、ようやく出てきたのは、どうやら追いだされずにすむとわかったからだろうか。悪夢から醒めたように呆然としている。

「この猫、見かけたことがある。庭で鳴いていた。」きれいな猫だと思ったという。そのときはここまで痩せていなかったらしい。

その頃、たまたま外で会った隣のIさんも、「最近、すごく鳴いている猫がいましたよね」という。あまりにもうるさいので塀の外に投げようとしたところ、爪で引っかかれ、手が血だらけになったという。「そういえば鳴き声がしなくなりましたよね。どこかへ行ったんでしょうか。」

じつはうちにいますとは言えなかった。今後どうなるかもわからないのだ。庭で鳴いていたというのも私は知らない。その頃は庭と反対側の部屋にいることが多かったせいか。トビーの相手をしている余裕もなかった。

押し入れから出てきた猫は、そろそろと家のなかを探索している。洗面台の上。玄関。廊下。入ってきた部屋をぼんやりと見わたしている。以前の家と比べているのだろうか。「家」というものを懐かしんでいるようでもある。「家」ならばどこでもよかったのかもしれない。以前の家とはずいぶん違っているが、このありさまは何なのか。すみずみまで点検している。

そんな猫の様子をトビーはどこか誇らしそうな、慈しむような目でみつめている。目のまわりが白いので、少し目を細めるとそのように見えるだけかもしれないが、ずっとあとを追いかけている。近づくと、そのつど強烈なパンチをくらわせられるが、それでもめげずにあとを追う。ワインのコルクを床の上で転がしながら、目はちらちらとポーを追っている。

「この猫、背骨まがってるよ。」

私も最初そう思った。ガリガリに痩せた背骨がアーチ状にカーヴしている。何かの病気ではないかと疑った。しかし、ひと月ほどたち、毛がふさふさしてくると、病気ではないことがわかってきた。猫の背中は本来まがっているのだ。それゆえにしなやかであり、スプリングが効いているからこそ高い所から飛びおりることもできる。ガリガリに痩せていたため、骨があらわになっていたのである。

最初のうちこそ攻撃的で、うっかりさわろうとすると「ギャッ」と叫んで引っかいた。しかし少しずつふっくらしてくると、爪を出すこともなくなった。ポーはグレーと白と黒の混ざりあう長毛種である。

ポーの名は萩尾望都の漫画『ポーの一族』から来ている。駆けこんできたときの姿があまりにもすさまじく、生存があやぶまれたため、不死の一族の名にあやかった。そのお蔭かどうか、ポーはトビーよりもずっと長く、十年近い歳月を人間たちと共に生きた。名にふさわしく年齢不詳の雌猫だが（駆けこんできたとき、おそらく三歳以下ではなかったはずだ)、他の二匹とは違って外にほとんど出なかったこと、ひたすら「家」を愛したことも長生きの秘訣だったかもしれない。

それまで人間につきまとっていたトビーの関心が、新たな猫に移った。私は少しほっとしている。なにしろ料理中も仕事中もずっと張りついているのだ。お風呂の音がすると走ってくる。バスタブに湯がみたされていくのをずっと見ている。料理のときは本棚の上からずっとみおろしている。文明の火と水に目を丸くしているようだ。ガラスのコップに水がそそがれただけで目を大きく見開き、あとずさりする。

家の中へ入るまでは異常に慎重だった猫が、いったん入ると、人間に対する好奇心を全開にしてきた。おそらく生まれてすぐひとりぼっちになったのだろう。他者との距離の取り方がわからない。そこへポーの登場である。身体も大きく、年上の雌猫だ。トビーの関心は今や九十パーセントほどポーに移っている。ポーはそんなトビーをうるさがりながらも、先住猫であることは認識している。人間二人に猫二匹というのはバランスが良いのではないかと思った。

じっさい、ポーがやってきてからというもの、トビーは急に猫としての自覚をもちはじめたようだ。テーブルの上から消しゴムを落として遊ぶこともなくなった。

ポーが外に出るときは、かならずお供《とも》をする。ポーは迷惑そうだったが、どちらかが先に帰り、もう一方がまだであることがわかると、たがいに気にしあっている。ポーがうっかり外に閉めだされたときは、トビーが知らせた。逆の場合もある。

二月の雪にうもれた庭。はじめての雪のなかを出ていくトビーが、歩くたびに手足をぶるぶると震わせている。雪のかたまりが木からどさっと落ちてくるたび、パッと飛びあがり、音のほうへ駆けだす。あちこちで音がする。小さな首がくるくる回っている。そんなトビーを呆れたようにポーが見ている。

机の上で、二匹がならんで外を見ていることもあった。ピーツピーツピーツ。外ではシジュウカラが春を告げている。

ポーの毛がふさふさに生えそろってきたころ、それは起こった。

小さな揺れがしだいに大きくなり、ゴゴゴゴとすさまじい音をたてはじめた。ゆれは長く、おさまらないどころか大きく激しくなってくる。食器棚のガラスの割れる音がする。一家全員、庭に面した部屋に避難したが、ドドドドドドという地響きとともに築四十年の古アパートが激しく揺れた。それまで耳にしたことのない音の大きさに地震とは思えず、一瞬、世界が終わると思った。

二〇一一年三月十一日。マグニチュード九の震源地は東北の三陸沖だった。

二匹の猫は家を飛びだし、西の方角へ駆けだしていく。トビーは塀の上を、ポーは地面を走っていく。人間を見捨てていくのかと思ったが、走りながらも二匹がそれぞれ一瞬こちらをふりかえったことを覚えている。「生きていればまた会おう」というかのように。

一時間ほどすると帰ってきたが、余震のたびに出ていく。人間のほうも消火活動に追われていた。電気ストーヴの上に書類がかぶさっていたのだ。

東日本大震災の三日後、近所の上水路では水量が減り、黒い鯉たちが苦しそうに泳いでいる。大きな蛙が子蛙を背に乗せて、よたよた歩いているのを見た。子蛙といっても大きく、背負って歩くのはいかにも大変そうだ。しかし母子の絆は強く、何事も彼らを引きはなすことはできないかのようだった。

九月には台風がめずらしく都内を直撃する。台風による倒壊を防ぐためという理由により、周囲の木々が伐採されたのは十月のことだ。

高さ十メートルにおよぶケヤキ、エノキ、山桜をはじめ、すべての木が伐られた。ずしん、ずしん、太い枝が地面に落ちる音につづき、最後はドッスーーーン、とアパート全体が地響きをたてた。

翌朝、ストーヴのそばで寝ていたトビーが急にむくりと起きあがり、庭から塀の上へぴょーんと跳びあがる。変わり果てた風景を見て「ひゃーーー」と驚いているようだ。そのまま塀の向こうへぴょんと跳びおりた。

しばらくして戻ってくると、ダダダダッとウッドデッキを横ぎっていく。あまりの環境の変化に驚いてどこかへ報告しにいったかのようだった。

十月から十二月いっぱいの二カ月間で近所の木々は地上から五十センチほど残して消えた。その後、大量の木の根がトラックの荷台に死屍累々と積みあげられているのを見た。

引っ越すべき時がやってきたのだろう。部屋も手狭になってきている。じつはもうずいぶん前から引っ越しを考えてはいたのだが、なかなか動きだすことができずにいた。ちょうど良い機会だと思った。だが引っ越す前に、トビーがいなくなった。五月十五日のことだ。

その日は吉祥寺の「ゆりあぺむぺる」で仕事の打ち合わせを終えて、七時ごろ帰宅した。そのときはたしかにいたトビーが、翌朝になっても帰ってこない。夫は早朝から起きていたが、一度も姿を見ていないという。ポーがテーブルの端にちょこんとすわり、外をじっと見ている。「どうしたのかと思った。」

そのテーブルは分厚い木板に古い金属のポールがついたものだが、その先端にすわり、庭をじっと見ていたというのである。

トビーは夜出ていくことはあったが、朝には必ず帰っていた。人間が起きる頃には寝ている。共に暮らして三年になるが、朝いなかったことは一度もない。そのリズムは天体の運行のように正確だった。朝いないということは、太陽がのぼらないのとひとしく、ありえないことだったが、そのありえないことが起こったのである。

帰ってくるときは自分で帰ってくるはずだ。やってきたときは十日間も近隣をさまよっていたのだ、いまさら迷子になるというのもありえない。身体能力にすぐれた猫を探しにいくというのも妙な話ではないか。待つほうが確実である。そう思い、一日待った。窓のすきまから、いつ駆けこんでくるか。カーテンがふわりとゆれるたび、帰ってきたと思う。帰ってこないということは、もう帰ってこないということなのだ。そう思ったが、やはり何もせずにはいられなかった。

ポスターを作り、近所に張りにいく。さっそく電話がかかってくる。写真にそっくりの猫が庭にいるという。急いで行くと、白黒のぶちである。色からしてちがうのだが、上品な老婦人に礼を述べ、しばし会話する。

「私はぜったいに外に出しません。」おだやかな口調でそう言った。福島の被災猫の里親になっているという。

夜遅くにも電話がかかってくる。上水路に見かけない猫がいる、すぐ来てくださいという。

最後に走ったのはいつだったか、と思うほどの猛スピードで疾走したが、やはり別の猫だった。毛足が長く、高貴なたたずまいをしている。猫という以外に共通点が見あたらない猫が、じっとこちらをみつめている。後ろ髪の引かれる思いがしたが、連れて帰るわけにもいかない。

「捨てられたんでしょうか。」「ええ、そうですよ。みんなそうです。」

上水路沿いの猫たちの世話をしているFさんは、そういいつつ、慣れた様子で缶詰とドライを混ぜたフードを茂みのなかに置く。最後にペットボトルからそそいだ水のカップを置くと、自転車でかろやかに去っていく。近所にこれほど猫がいることも、その世話をしている人々の存在も知らなかった。

一週間で数名の人から電話があり、そのつどケージを持って行ったが、いずれも違っていた。写真は全身と顔のアップの二種をレイアウトし、「茶色に縞模様のあるキジトラの雌」「尾が長い」「額にM字がある」などの特徴を記載したが、どういうわけか出会う猫たちは、色からして違うのだ。

へたな写真のせいかと思ったが、同じような体験をしている人がすくなくないことを知る。写真だからといって特徴を正確に伝えることができるとはかぎらないのかもしれない。

『LOST & FOUND ぼくをさがして!』(ホセ・コンデ)という小さな本があった。迷子のペット探しのポスターを集めたものだ。ニューヨークの街角に貼られていたポスターの数々は古びている。つまりはみつからなかったペットたちの記録でもあるだろう。デザインもそれぞれに個性的だが、イラストレーションが多いのも注目される。大急ぎで描かれたものだろう(当然だ)が、飼い主のみぞ知る特徴が、せつないほど伝わってくる。

「茶色いシャム猫。名前はモリス、二十歳。歯はなくて、青い目。片方の耳はちぎれていて、足も悪いです。ぼくをさがして！」

目から涙を流しているモリス。ペットたちは帰って来なかった。だが手作りのポスターのなかで、彼らが永遠に生きているのも事実なのだ。

日本の迷子ポスターの多くは写真である。トビーを探しながら、さまざまなポスターを見かけた。犬や猫のほか、インコなどの鳥たちもいる。オカメインコのめぐちゃん。カメの三郎。犬のマウス。みんなどこへ行ったのか。

友人のアドバイスにしたがい、警察への届け出もおこなった。だが迷子のペットは遺失物として扱われるという。ペットが「物」。そもそもトビーが財布か何かのように拾われるものだろうか。

私はいったい何をしているのだろう。現実と向きあうほどに現実感がうすれていく。奇妙な日々のなかで救われたのは、やはり周囲の人々の言葉だった。一週間たったときは、「二週間たって帰ってきた猫もいる」という妹の言葉に力づけられる。義兄はキャンプに猫を連れていき、失ってしまった。自然界に通じた人ですら、そういうことがあるのだ。

近所のS子さんは昔、半年一緒に暮らした猫がやはりいなくなった。

「すごい探したけどみつからなかった。」

「どっかに遊びに行ってんのよ。神楽坂の喫茶店の猫は一ヵ月もたって帰ってきたっていうんだから。猫は車に対しても用心深いから大丈夫よ。」

あくまでも明るく前向きな優しさが胸にしみる。

「うちのは一ヵ月して帰ってきた。前よりもふっくらして元気そうだった。首輪もりっぱなものになっていた。」絵本専門店のS嬢はほほえむ。

店には先客の画家がいた。彼がぼそりと言ったことも忘れられない。

「猫がいなくなるのは霊力が弱まっているからで、猫山という修行場へ修行しに行くと聞いたことがある。」

「猫山」がどこにあるのかわからないが、猫には猫の事情があるのかもしれない。そう思うと、少しは気が楽になる。

『八方にらみねこ』はネズミを獲るのがへたな猫が、「山」へ修行しにいくという物語絵本だった。古来より魔除けや厄除けとされた「八方にらみのトラ」から来ているのだろうか。トラではなく猫というのがおかしい。

『あおい目のこねこ』は「ネズミの国」を探しに行く。フランソワーズの『こねこのミヌー』はパリの橋の下、気ままな散歩に出かける。『これこちゃんはどこへ』は行ったきり帰ってこない。だが旅先から絵葉書を送ってくる。長新太のクレヨン画はほんとうに猫が描いたように素敵だった。

「猫ちゃん、まだみつからないの？」地野菜の農家さんが明るく笑う。

「夜逃げだよ、夜逃げ！」

夜逃げならば仕方がないと思う。夜逃だろうが旅であろうが、元気でいてくれればそれでいいのだ。

ポーはめっきり食欲がなくなった。二匹は決して仲がいいとはいえなかったが、悪いというわけでもなく、つかずはなれず互いをつねに意識しあっているようだった。トビーはポーのことが好きで、いつもあとを追いまわし、お尻の匂いを嗅いだりして嫌がられていたが、こうしてトビーがいなくなると、残されたほうはバランスを欠いたようにぐったりしている。私が暗く沈んでばかりいるとポーに影響すると言われ、ハッとした。

こんなことではいけないと思い、ひさしぶりに庭仕事をする。最後にホースで水をまくと、すっきりした気分になった。

その夜、庭に面した部屋にひとりでいると、何かの気配がする。ポーも大きな目をみひらき、首を左右に動かしている。このところ外に出なかったポーが、何かに誘われるようにして飛び出していく。夜のあいだ、何度か外へ行ったようだ。

ポーの食欲がすこしずつもどってくる。庭の部屋には大きなカボチャの絵のリトグラフが床に置かれている。昔、ローンで購入したものだが、その前にいるポーの視線が内と外を何度も往復している。くんくん鼻をうごかし、大きな目をみひらいて、私をじっとみつめる。

サビ猫がときおりやってきて、トビーとやりあっていた、そんなときケンカ嫌いのポーは奥へ逃げていたが、今ではそのポーがサビ猫とわたりあっている。ポーの「シャ――」をはじめて聞く。トビーには顔をしかめて「ガガ」というだけだった。あれは本気の威嚇ではなかったのだ。ポーの「シャ――」には迫力がある。

庭に置かれた古い木の椅子はトビーがよく坐っていたものだが、そこからポーは地面にとびおりようとしている。長いあいだためらったあげく、ついに着地した。ポーは変わろうとしているのかもしれない。

ある夜、目がさめるとポーが窓に向って低くうなっている。またサビ猫かと思ったが、何もいない。外は息をのむような満月だ。青い銀色の光が庭一面にふりそそいでいる。見とれていると、ウッドデッキの上をかすかに何かが通りすぎていく気配がする。ポーが行ったり来たりする。行ったり来たり。ふだんは外に行かないポーが、いったいどうしたというのか。

新宿区荒木町の新坂《しんざか》をのぼっていくと、路地の名残を思わせる一角があり、「ゑいじう」というコーヒー&ギャラリーがある。空中階段のような石段とつながった路地には猫の姿がよく見られた。グレーの毛足の長い神秘的な猫。美しい三毛猫もいた。

「地域猫」という言葉をはじめて聞いたのも、「ゑいじう」のマスターの口からだったと思う。地域猫。なんと優しい言葉だろうと思った。

夫妻は猫好きで知られる。「猫がいなくなった」というと、マダムが処方箋のように取りだしたのは西村玲子著『黒猫ひじき』である。

日常のファッションを発見する魔法の目をもつ人が、これほどの猫好きであることを私は知らなかった。そういえば自画像は白い猫である。すらりとした八等身の猫が素敵なファッションを身にまとっている。年に一度の個展が「ゑいじう」だった。

猫との日々をつづったエッセイ集のなかに「ミルク」という野生児が登場する。子どもたちが小さかった頃にやってきて、三年ほど共に暮らし、一家が旅行へ出ているあいだにいなくなったという。ミルクとトビーはよく似ていると思う。自由奔放に出入りをくりかえしていたので、「三日くらい留守にしていても大丈夫だと思った。」共感することが多い。だが猫にはプライドがある。「彼が出て行ったきりいなくなってしまったのも、プライドのなせる業であった、と思う。」(『黒猫ひじき』「猫のプライド」)

猫のプライド。それはファッションの自由を追い求めた人ならではの言葉ではなかっただろうか。


内田百閒の『ノラや』は失踪した猫を思う哀しみがあまりにも大きく、どこか現実離れしている。「おじいちゃん」と呼ばれる年齢の大作家が、風呂場で「ノラやノラやノラや」と大声をあげて慟哭する。どこかおかしくもあり、ふしぎでもあり、ときにおそろしく感じられることもあった、その度はずれの悲しみにすっぽりとつつまれる。

毎晩入っていた風呂にも入らず、「顔も二十日間一度も洗わない。今日は顔だけは洗おうかと思う」といった文章に接すると、私は毎日顔も洗っているし、まだ大丈夫だと思う。

あらためて驚いたのは、捜索規模の大きさだ。捜索願いのチラシを新聞配達の折り込みにして三千枚。それを三度にわたって出している。猫一匹に一万枚。人間の捜索でもなかなかできないことだろう。英文バージョンや子ども向けバージョンも作られた。昭和三十二年の「薄謝三千円」がどれほどのものかよくわからないが、少ない金額ではなかったにちがいない。日に何度も電話がかかってきた。そのたびに「家内」が飛びだしていく。苦労が偲《しの》ばれる。私などチラシ三十枚だったが、それでも七人ほどの人から電話があったのだ。

警察への捜索願も近隣の麹町警察署のみならず、赤坂、四谷、神楽坂の計四カ所に出された。なかでも麹町警察署は親切で、日に何度も連絡をくれたという。猫の捜索をとおして、あたたかな路地文化が見えてくる。いなくなったノラのかわりに、たくさんのノラたちの姿が浮かびあがってくる。『ノラや』は無数の「ノラ」たちの物語でもあった。

百日たっても、一年以上たっても、「私」はずっと待ちつづけている。この小説を読むと、いかなる喪失も、これよりは小さいと思えるかもしれない。

だがじっさいに猫を失った立場からすると、ふしぎに思うこともある。人はこんなにも長く、ひたすら猫を待ちつづけることができるものだろうか。深い悲しみというものがこれほど長く持続するものだろうか。

ノラが帰ってこなかった最初の日に、ノラはもう永遠に帰ってこないことが「私」には直感でわかり、涙があふれた。しかし周囲の人々の助言もあり、万が一の望みを託して、主人公は行動する。

回想の「ノラや」にも書かれているように、初版本には全国津々浦々から寄せられた読者の声――激励や共感がつづられた書簡も収められていた。北海道夕張市から熊本市、米国ペンシルヴェニア州まで。「五カ月ぶりに帰ってきた猫がいる」「一年以上も経ってから帰ってきた」などの実例がどれほど作者を力づけたことか。

「たちわかれいなばの山のみねにおふる、まつとしきかばいまかへり来む」という百人一首の歌がたびたび登場する。この歌を紙に書いて、猫が使っている食器の下に置いておくといいという。私もためしてみた。『ノラや』のなかには「声」がひしめき、反響している。悲しみはひろがるにつれて、どんどん透明になっていく。消えるのではなく、透明になっていくのだ。

「木賊《とくさ》を抜けて」は猫の目線で書かれた、ふしぎな一篇である。庭の木賊の茂みを抜けていくと、必ず行きつく一軒の家がある。そこへは「私」も何度となく出向いた。そのことが七年後に回想される。「私」のたましいは今もときおりそこへ帰っていく。発表時のタイトルは「たましい抜けて」というのだった。たましいを抜けたのはノラだったのか、それとも「私」だったのか。


木賊ではないが、トビーが飛び越えた塀の向こうへ、私も一度だけ行ったことがある。猫たちがいつも行っていた場所がどんなところか、見てみたかっただけだ。

塀の向こうへ人間が行くためには、いったん青梅街道へ出て、集合住宅の裏道から上水路沿いへ向って歩き、畑に面して立つマンションの駐車場から入っていかなくてはならない。徒歩十分以上もかかる。駐車場の先に黒い門がある。もしも呼びとめられたら、正直に猫を探していると言うつもりだった。しかし誰にも会わなかった。

かつての社宅とアパートのあいだには雑木林がひろがっていた。いま木々はなく、古い社宅も近々取り壊されることになっている。人が去ってひさしい土地にはオレンジ色の罌粟《けし》の花や青い小さな花などが咲き乱れている。

猫たちがかつて通ったはずの道も埋もれてしまった。何かがすでに終わってしまったあとのようなしずけさがひろがっている。それを見届けることができただけで満足だ。もう来ることはないだろう。

もっとも、「塀の向こう」はその後、夢のなかにたびたび現れることになる。塀がなくなり、庭とつながったと思うと、アフリカの草原がひろがっている。なだらかな丘のあいだを首の異様に長いキリンが走っていたりする。

あるいはウッドデッキのレッドシダーの一本一本が元の木の姿になり、鬱蒼とした森がひろがっている。森の奥にはたしかアメリカ・インディアンの村があったはずだ。トビーは現実の塀をぴょーんと飛び超えて、夢の世界へ行ってしまったのだろうか。目覚めてそう思い、おかしくなった。

「S町都市計画」の説明会が近隣住民のために開催されたのは、トビーの失踪から半年後のことである。参加したのは、ひとえに「塀のむこう」について知っておきたかったからだ。

＊

かつてエノキやケヤキの大木に囲まれていた社宅の敷地は「路地上敷地」といい、通常は大規模建築を建設することのできない土地だった。そこへ「開発道路」を通すことにより大規模建設が可能になる。なるほど東京はこうして開発を積極的に推進することで新陳代謝をくりかえしてきたのだった。自分たちのアパートも何らかの開発の上に成り立っているのかもしれない。

もっとも、塀から二メートルのところに高さ二十メートルの大規模建築を建設する都市計画は、近隣住民たちの意識をめざめさせることになり、住民運動が組織された。もちろん都市計画が予定通り実行されたことはいうまでもない。

東京オリンピックに向けて、さまざまな変化が起こっていた。

一匹の猫の失踪と都市開発。二つの出来事はまるで別次元の問題であり、こうして比較することじたい、おかしなことであるにちがいない。そのことはよくわかっている。だが二つの出来事がたまたま同時期に起ってしまったために、両者を完全に切りはなして考えるのもそれはそれで困難なことではあった。

猫は人より家につくという。環境の急激な変化が、流れ者の猫をして出奔《しゅっぽん》させたことは想像に難くない。もちろん失踪にはさまざまな原因が考えられるだろう。だがトビーの問題にかぎらず、自然を一掃することが、周囲に何の影響もあたえないはずがない。じっさい、木が伐られたあと、ハクビシンが頻繁に出没するようになり、逃げ足の遅いポーの尻尾があやうく食いちぎられそうになるという事件も発生している。住民たちの心もどこか荒《すさ》んでくる。自然破壊は地域のコミュニティの破壊でもあるだろう。

エノキの大木は台風で倒壊するどころか、台風や黄砂などの自然災害から大地を守っていた。秋になると黒紅い実がなり、鳥たちが集まってくる。国蝶オオムラサキが好むのもニレ科のエノキである。その隣の桜の老木は毎年三月になると白い花を咲かせる。年に一度、楚々としてはいるが、真実の色気というものを黙して語っているようだった。今年も咲いてくれた、もう咲かないと思ったら、今年は例年よりもいっそう華やかだ、などと往年の歌舞伎役者を見るような気持ちで、遠くから見守っていた人々はすくなくなかったはずだ。

一本一本異なる個性をもつ木々をいっせいに伐り倒し、モグラやハクビシンやタヌキや蝦蟇やその他さまざまな生き物たちが暮らしていた一角をコンクリートで埋めてしまう。それはたしかにレイチェル・カーソンが述べていたように、「目に見えない戦争」といえるかもしれない。

『沈黙の春』の中で彼女は書いている。「核戦争が起れば、人類は破滅の憂目《うきめ》にあうだろう。だが、いますでに私たちのまわりは、信じられないくらいおそろしい物質で汚染している。」（青樹簗一訳）

戦争については誰もが語っている。だが目に見えない戦争についてはほとんど語られることがない。ところが見えない戦争のほうは、日々いたるところでくりひろげられているのだ。『沈黙の春』には一度も声をあげることなく滅んでいった、おびただしい無数の生命の声がひしめいている。

巨大な力の侵攻に対して、無力なものたちや戦うことを知らないものたちはどうすればいいのだろう。戦わないものたちはひたすらアリのように踏みつぶされるしかないのだろうか。戦争は人間のなかの動物性にうったえるという。だが動物たちは無益な戦争をしない。とすると、人間のなかの動物とは何か。人間と非人間を分かつものは？――こうして戦争は一般市民がこれまで考えたこともなかった問題をあかるみにだす。

だがじっさいに塀の向こうの工事がはじまり、連日ブルドーザーとショベルカーが耐え難い騒音とともに塀のすぐそばへ迫っていたとき、驚くべき出来事が起った。例のキジバトが桃の木で巣作りをはじめたのである。

桃の木の高さは塀よりも少し上の三メートルほどだ。しかも塀のすぐ前に立っている。ブルドーザーとは目と鼻の先だ。私は目を疑った。

それまでにも巣作りの素材集めだろうか、小鳥たちが庭の蘚などをついばんでいくことはあったが、さすがにアパートの木で巣作りをする鳥はいなかった。それが今、すさまじい轟音と土煙のあがる工事のまっさいちゅうに、白昼堂々と巣作りが営まれている。信じがたい光景だった。

天敵のカラスすらもやってこない劣悪な環境を逆手にとった自然の知恵だろうか。巣のなかにはたしかに一羽のキジバトの姿が見える。もう一羽はめったにやってこない。だが何事かが進行していることは明らかだ。はたして卵が無事に孵《かえ》ったかどうか、そこまで確かめることはできなかったが——。

その巣は小枝を適当に集めて作ったような、いかにも簡単なものではあったが、当時の私が目にしたさまざまな建築物のなかで、もっとも美しい建築物であるように思われた。

危機的状況すらも、力に変えてしまう鳥たち。カラスに襲われても、巣をこわされても、何度でも作り直すことができる。生命はかくも強く美しい。そのことを、ほかならぬ鳥の巣という「自然の芸術」が教えてくれたのである。

＊

ある日ふいにやってきて、ふいに去っていった猫。その猫をめぐる現実は、大きな世界の現実に対して、笑ってしまうほどにちっぽけである。だからこそ心に引っかかりつづけたともいえる。とはいえ、いつまでも待ちつづけることもできなかった。

沖縄の石垣島で毎年夏におこなわれる祭りを見学することになったのは、そんな奇妙なエアポケットのなかにいた頃のことだ。住民運動に気炎をあげていた男たちは一人また一人と去っていき、気づくと同世代の男女四人で書類作りに追われている。トビーを待つうちに、いつのまにか泥沼から抜けだせなくなっていた。

「こんなときに祭り?」以前ならそう思っただろう。だが何もかも忘れて、遠くへ行くのもいいかもしれないと思った。

石垣島の祭りは「赤マタ黒マタ」と呼ばれている。海の彼方から来訪するマレビト神を迎える祭りであるという。海の彼方や山の彼方より来訪し、人々に祝福をあたえる神様のことは、遠く聞き知るのみだった。だが異界よりふしぎなものが到来する物語は、日本にかぎらず世界中で語りつがれている。子どもの頃から親しんできた物語のなかで、彼らはクマの姿をしていることもあれば、トラの姿をしていることもある。猫の姿をしていることもあった。

「赤マタ黒マタ」の「アカマタ」は沖縄や奄美諸島に生息するヘビの名であるとしても、「クロマタ」とは何か。

祭りは男たちの秘密結社により組織されていると聞く。はたして自分のような外部の人間が参加してよいものかどうかわからなかったが、その年のフィールドワークには東京から若い女性たちも参加するという。

詳しいことはよくわからないまま、話がとんとん拍子に進んだ。留守のあいだは大学生の甥が泊まりに来てくれることになった。ポーのことは安心だ。

すべてを置いたまま、南へ飛んだ。七月もおわりのことだ。

石垣島の南端・宮良《みやら》。夕方、宮良のバス停で若い女性たちと合流する。みな二十代から三十代の若者たちである。ひとりは鳥取から来たという。

みなで一列になり、サトウキビ畑のなかを歩いた。背高いサトウキビは三メートル近くあるだろうか。サトウキビと青空のほか、何も見えない。サトウキビの道。

公民館の広場に着くと、大勢の人々が集まっていた。村の長《おさ》だろうか、見るからに貫禄のある男たちが握手をかわしあっている。なごやかな、しかし厳粛な雰囲気である。広場といっても森とつながっている。ぽっかりとひらかれた場所に簡易椅子がならべられている。指定された場所にすわり、時が来るのを待った。

その年はまだ台風がやってこない。そういえば風もほとんど吹いていない。私はふだんあまり汗をかかないほうだが、サンピン茶を飲むと即座に汗が流れるのはおもしろいほどだ。

神様は暗くなるとやってくるという。六時をすこしまわっていたが、まだまだ暗くなりそうにない。村人たちはのんびりと待っている。子連れの若いお母さんたちも多い。私の前席にはさきほどの貫禄のある男性の一人がすわっている。手織りのシャツだろうか、紋様が美しい。隣には女子たちがすわっている。ときおり世間話をしていたが、言葉もしだいに闇にのまれていく。

七時をまわった。神様はまだ現れない。青い闇のなかに木々の形がほんのり浮かびあがっている。サンピン茶はとうに飲みほしてしまった。待つということ、暗くなるのを待つというのは、これほどまでに果てしないことであったかと思う。こうして待っていると、まるで自分も村の住人になったような気がしてくる。ずっと昔からこうして何かを待ちつづけているような気がする。私は何を待っていたのだろう。

ふと太鼓の音が聴こえてくる。男たちが現れた。大地を掃《は》き清めているようだ。その背後から、異様な姿をした巨人が二人、ゆっくりと近づいてくる。全身が森の植物におおわれている。これが神々の姿なのか。呆然とする観客の前で、巨人たちは太鼓と歌にあわせて舞いはじめる。

仮面を身につけた神々の姿はたしかに衝撃的である。だが舞台そのものにもまして、記憶に残っているのは、村の人々とともにいつまでも待ちつづけた時間そのものだ。海の向こうから何かがやってくる――。

森の精霊たちは闇につつまれて見えなくなるまで踊っていた。

その後のことは夢のようにしか覚えていない。気づくと人々の列のなかに私たちも加わり、流れるようにして進んでいる。かつては村の一軒一軒すべてを神々が訪問していたという。今ではいくつかの家々にかぎられているが、暗闇のなかでそれらの家々の灯りだけが明るく光っている。大きな平屋の中がつつぬけだ。男たち、少年たちがきちんと坐っている姿が見える。神様を迎えるため、庭に面した戸が取り払われている。そのうちの一軒にお邪魔することになった。すすめられるままに座敷へ――。

男たちが晴れやかに挨拶をかわしている。女たちが忙しく立ち働いている。サンピン茶のコップをのせた丸いお盆がまわってくる。喉が渇いていたので、ひと息に飲み干した。しばらくしてまたお盆がまわってくる。今度は無色透明の液体が入っている。水ではない。泡盛《あわもり》だ。水で割るということでもなさそうだ。噂に聞く泡盛を、まさかストレートで飲むことになるとは思わなかった。隣の髪の長い女性の白い頬がピンク色に染まっている。自分でも顔が火照っているのがわかる。もはや暑さも感じなくなっている。どのようにして場を去ったのか。覚えているのは、人々の顔が光り輝いていたことだけだ。男も女も老いも若きもピカピカしている。それはまぶしいほどだった。

翌日は若者たちに別れを告げて、西表島へ向う。「赤マタ黒マタ」は西表島の北東の集落・古見《こみ》を発祥としている。西表島はイリオモテヤマネコの生息地でもあった。生物多様性の宝庫である島には世界中から観光客がやってくる。私もその一人であることはいうまでもない。

船が大原港に着くと、さっそくヤマネコがあちこちに出没している。やまねこパーク。やまねこレンタカー。民宿やまねこ。やまねこランチ……。銅像も立っている。本物は元気にしているだろうか。

民宿はネイチャーセンターをかねており、図書室も充実している。夕方まで夫と別行動をとった。昨夜の泡盛がまだ体内に残っているせいか、妙にふわふわしている。そのせいばかりではなく、イリオモテヤマネコの島へやってきたのだ。せめて心のなかで挨拶くらいはしておきたかった。

イリオモテヤマネコの生息数はおよそ百匹という。たったの百匹。あちこちで見かける写真は迷子のポスターを思わせもしたが、そうではなく、交通事故防止のためだった。今年になってすでに二、三匹が事故死しているとネイチャーセンターの人は言う。

イリオモテヤマネコはネコ類のなかでももっとも原始的な猫の一種とされる。『野生ネコの百科』（今泉忠明著）によると、一〇〇〇万年以上前の中新世に現れたメタイルルスに非常によく似た特徴を備えていることから、おそらくメタイルルスから進化してきたものであり、大陸から切りはなされた西表島に隔離されたおかげで今日まで生き残ってきたのではないかと推測されている。

かつて原始的な猫たちが東アジアにひろく分布していた。その一部が陸つづきだったベーリング海峡をわたって南アメリカに移動しながらさまざまに進化していく。一方、東アジアではその後、新しいヤマネコがつぎつぎに出現し、原始的なネコ類を絶滅させてしまったが、そのころすでに大陸とはなれてしまった西表島には新しいネコ類は入れなかった。そのため、この島にだけ原始的なネコが生き残ったという。なんと驚くべきことだろう。私たちは太古の昔から生きている猫と同じ列島に暮らしているのだ。

イリオモテヤマネコに会うことはできなかったが、あちこちで見かけるポスターの面影は、少しばかりトビーに似ているように思われた。

野生の猫たちが激減するにつれて、野生猫に対する関心が高まっている。かつては種の保全が最重要関心事だったが、今はそれだけではなく、野生猫の美しさや愛らしさが注目されているようだ。

雄大な自然を背景にたたずむ猫たち。彼らはどこか私たちの猫の遠い親戚か、祖先のようでもある。たとえば中央アジアの標高の高い山地に生息するマヌルネコは、三代目ポーを思わせてならない。身体が大きく、ずんぐりしたところ。耳が小さく、丸いところ。ポーにはマヌルネコの血が混ざっていたのだろうか。そんなふうに空想するのは楽しい。

私はかつて、イエネコは家のなかで暮らす猫のことだろうと思っていたが、ことはそう単純ではなかった。イエネコと野生ネコのあいだに明確な線引きをひくのはむつかしい。大昔から異種交配をくりかえしてきたという点では、人間よりもはるかに複雑なのだ。本によってはイエネコのなかにヨーロッパヤマネコやスナネコ、ジャングルキャットなどの野生猫がふくまれる場合もある。人間とおなじく、いやむしろ人間以上にハイブリッド化が進んでいるというのが現実なのかもしれない。

そんなハイブリッドな猫たちのなかでも、とりわけ多種多様とされるのが、ベンガルヤマネコだった。興味深く思いつつ、写真集をめくっていたときのことだ。ふと密林のなかで木登りしている「イエネコのベンガル」の写真が目に飛びこんできて、はっとした。

これは飛び猫トビーではないか。雷に打たれるとはこのことだ。木登りしながら何かに気をとられている一才の猫。耳が大きく、全身に縞模様と斑点がある。うしろ脚が長い。なぜ気づかなかったのだろう。

トビーはキジトラだと思いこんでいたが、縞の一部は斑点だったかもしれない。内側にはたしかに斑点があった。仰向けに寝ていたとき、雄ではなく雌であることが判明した。と同時に、中央の白い線の左右に斑点があることに気がついた。縞模様の尾が細長く、体長の半分ほどある。水を好むなどの特徴も一致する。失踪したトビーは野生のベンガルヤマネコとイエネコの混血児《ハイブリッド》だったのだろうか。

あの夏、新宿花園神社で「ベンガルの虎」を観た夜、やってきた猫はベンガルヤマネコだったのだろうか。そうかもしれないし、そうではないかもしれない。今となってはもうわからない。

だが猫はやってきた。そしてつかのま人間たちとともに過ごし、台風のように去っていった。私は猫が去ってしまったことにばかり気をとられていたが、ほんとうは、やってきたことがすべてだったのかもしれない。海の彼方からやってきて、人々に祝福をあたえる来訪神のように。

まれにやってくるものたち。猫がこれからも私のところにやってくるかどうかはわからない。だが外からやってくる場合でも、人からゆずりうけた場合でも、どちらにしても猫が「やってくる」ことに変わりはないだろう。

――満潮が近づいていた。西表島の大原港に向って流れる仲間川にはマングローブをはじめ、淡水と海水のまざりあう川ならではの珍しい植物が生い茂っている。満潮になると水が逆流し、ウミガメやエイなどが迷いこんでくることもあるという。夕方五時。港から上流に向って、小さな舟が出航する。上流には樹齢数百年の巨木・サキシマスオウノキが待ちうけている。

密林のなかを小舟はゆっくりと進んでいった。

＊参考文献

『猫的感覚　動物行動学が教えるネコの心理』ジョン・ブラッドショー著　羽田詩津子訳　二〇一四年　早川書房
『ネコ学入門　猫言語・幼猫体験・尿スプレー』クレア・ベサント著　三木直子訳　二〇一四年　築地書館
『家のネコと野生のネコ』澤井聖一・近藤雄生著　二〇一九年　エクスナレッジ
『野生ネコの教科書』ルーク・ハンター著　山上佳子訳　今泉忠明監修　二〇一八年　エクスナレッジ
『家ネコと野生ネコの図鑑』薮内正幸画　今泉忠明監修　二〇二二年　宝島社
『猫の世界史』キャサリン・M・ロジャーズ著　渡辺智訳　二〇一八年　エクスナレッジ
『バルテュス　生涯と作品』クロード・ロワ著　與謝野文子訳　一九九七年　河出書房新社
Jaromir Malek, The Cat in Ancient Egypt, British Museum Press, 1993.

〈著者紹介〉
寺村摩耶子（てらむら・まやこ）
1965 年大阪生まれ。作家。
絵本に関する著作に『絵本の子どもたち』（水声社）、『古い絵本の物語』『絵本をたべる』（青土社）。美術エッセイ集に『オブジェの店　瀧口修造とイノセンス』（青土社）など。絵本の翻訳に『どうぶつたちは しっている』（イーラ写真、マーガレット・ワイズ・ブラウン文、文遊社）。小説に『まれねこ』（鳥影社）。

まれねこ

2024年1月28日初版第1刷発行
著　者　寺村摩耶子
発行者　百瀬精一
発行所　鳥影社 (choeisha.com)
〒160-0023 東京都新宿区西新宿3-5-12トーカン新宿7F
電話 03-5948-6470, FAX 0120-586-771
〒392-0012 長野県諏訪市四賀229-1（本社・編集室）
電話 0266-53-2903, FAX 0266-58-6771
印刷・製本　モリモト印刷

ISBN978-4-86782-069-8　C0095